紙醉金迷

——艱難處，多從貪戀處見

在這個物慾橫流的時代，在金錢面前失去人格是家常便飯之事
對他們來說，失去靈魂事小，沒得揮霍才事大……

張恨水 著

目錄

目錄

第一回　重慶一角大梁子

民國三十四年春季，黔南反攻成功。接著盟軍在菲律賓的逐步進展，大家都相信「最後勝利必屬於我」這句話，百分之百可以兌現。本來這張支票，已是在七年前所開的，反正是認為一張畫餅，於今兌現有期了，那份兒樂觀，比初接這張支票時候的憂疑心情，不知道相距幾千萬里，大後方是充滿了一番喜氣。但人心不同，各如其面，也有人在報上看到勝利消息頻來，反是增加幾分不快的。最顯明的例子，就是游擊商人。在重慶，游擊商人各以類分，也各有各的交易場所。比如百貨商人的交易場所，就在大梁子。

大梁子原本是在長江北岸最高地勢所在的一條街道。幾次大轟炸，把高大樓房掃為瓦礫堆。事後商人將磚砌著高不過丈二的牆，上面蓋著平頂，每座店面，都像個大土地堂，這樣，馬路顯著寬了，屋子矮小的相連，倒反有些像北方荒野小縣的模樣。但表面如此，內容卻極其緊張，每家店鋪的主人，都因為計劃著把他的貨物拋出或買進而不安。理由是他們以陣地戰和游擊商比高下的，全靠做批發，一天捉摸不到行市，一天就可能損失幾十萬法幣。

在這個地方，自也有大小商人之分。但大小商人，都免不了親到交易所走一次。交易所以外的會協商，多半是坐茶館。小商人坐土茶館，大商人坐下江館子吃早點。

在大梁子正中，有家百齡餐廳，每日早上，都有幾批游擊百貨商光顧。這日早上七點半鐘，兩個游擊商人，正圍著半個方桌面，茶菸點心，一面享受，一面談生意經。

上座的是個黃瘦子，但裝飾得很整齊。他穿了花點子的薄呢西服，像他所梳的頭髮一樣，光滑無痕，尖削的臉上，時時笑出不自然的愉快，高鼻子的下端，向裡微勾，和他嘴裡右角那粒金牙相配合，現出他那份生意經上的狡詐。旁座的是個矮胖子，穿著灰呢布中山服，滿臉和滿脖子的肥肉臃腫著，可想到他是沒有在後方吃過平價米的，他將筷子夾了個牛肉包子在嘴裡咬著，向瘦子道：「今天報上登著國軍要由廣西那裡打通海口。倘若真是這樣，外邊的東西就可以進來了，我們要把穩一點。」

那瘦子嘴角裡銜著菸卷，取來在菸缸子上彈彈灰，昂著頭笑道：「我范寶華生在上海，中國走遍了，什麼事情沒有見過？就說這六七年，前方封鎖線裡鑽來鑽去，我們這邊也好，敵人那方面也好，沒有碰過釘子。打仗，還不是那麼回事。把日本鬼子趕出去，那不簡單，老李，你看著，在四川，我們至少有三年生意好做，不過三年的工夫也很快，一晃就過去了。為了將來戰事結束，我們得好好過個下半輩子，從今日起，我們要好好的抓他幾個錢在手上，這倒是真的，我們不要信報上那些宣傳，自己幹自己的。」

老李道：「自然不去信他。但是你不信別人信；一聽到好消息，大家就都拋出。越是這樣越沒有人敢要，一再看跌。就算我們手上這點存貨蝕光了為止，我們可以不在乎。可是我們總要另找生財之道呀。於今物價這樣飛漲，我每月家裡的開銷是八九上十萬，不賺錢怎麼辦？你老兄更不用說了，自己就是大把子花錢。」

范寶華露著金牙笑了一笑，表示了一番得意的樣子，因道：「我是糊裡糊塗賺錢，糊裡糊塗花錢。前天晚上贏了二十萬，昨天晚上又輸了三十萬。」老李道：「老兄，我痴長兩歲，我倒要奉勸你兩句，打打麻將，消遣消遣，那無所謂。唆哈這玩意，你還是少來好，那是個強盜賭。」

范寶華又點了一支紙菸吸著。微搖了兩搖頭道：「不要緊，賭唆哈，我有把握。」老李聽了這話，把雙肉泡眼，瞇著笑了起來。放下夾點心的筷子，將一隻肥胖的右巴掌，掩了半邊嘴唇，低聲笑道：「你還說有把握呢，那位袁三小姐的事，不是我們幾位老朋友和你調解，你就下不了臺。」范寶華道：「這也是你們朋友的意思呀。說是我老范沒有家眷，是一匹野馬，要在重慶弄位抗戰夫人才好。好吧，我就這樣辦。咳！」說到這裡，他嘆了口氣，改操著川語道：「硬是讓她整了我一下。你碰到過她沒有？」老李笑道：「你倒是還惦記她呢。」范寶華道：「究竟我們同居了兩年多。」正說到這裡，他突然站起身來，將手招著道：「老陶老陶，我們在這裡。」

老李回頭看時，走來一位瘦得像猴子似的中年漢子，穿了套半舊的灰呢西服，肋下夾了個大皮包，笑嘻嘻的走了來。他的人像猴子，臉也像猴子，尤其是額頭前面，像畫家畫山似的一列列的橫寫了許多皺紋。

老李迎著也站起來讓坐，范寶華道：「我來介紹介紹，這是陶伯笙先生，這是李步祥先生。」陶伯笙坐下來笑道：「范兄，我一猜就猜中，你一定在大梁了趕早市。我還怕來晚了，你又走了。」范寶華道：「大概九點鐘，市場上才有的確消息，先坐一會吧。要吃些什麼點心？」

茶房過來，添上了杯筷，他拿起筷子，指著桌上的點心碟子道：「這不都是嗎？我不是為了吃點心而來。我有件急事，非找你商量一下不可。」范寶華笑道：「又要我湊一腳？昨天輸三十萬了，雖然錢不值錢，數目字大起來，也有點傷腦筋。」

陶伯笙喝著茶，吃著點心，態度是很從容的。他放下筷子，手上拿了一隻桶式的茶杯，只管轉著看上面的花紋。然後將茶杯放在桌上，把手按住杯口，使了一下勁，作個堅決表示的樣子，然後笑道：「大家都說勝利越來越近了，也許明年這個時候，我們就回到南京了。無論如何，由現在打算起，應該想起辦法，積攢幾個盤纏錢。要不然，兩手空空怎麼回家？」范寶華道：「那麼，你是想作一筆生意。我早就勸過你了，找一筆生意作。你預備的是走哪一條路？」

陶伯笙額頭上的皺紋，閃動了幾下，把尖腮上的那張嘴，笑著裂痕伸到腮幫子上去，點了頭道：「這筆生意，十拿九穩賺錢。現在黃金看漲，已過了四萬。官價黃金，還是二萬元一兩。我想在黃金上打一點主意。」范寶華對他看了一眼，似乎有點疑問的樣子。

陶伯笙搭訕著把桌上的紙菸盒取到手，抽出一支來慢慢的點了火吸著。他臉上帶了三分微笑，在這動作的猶豫期間，他已經把要答覆的話，擬好了稿子了。他噴出一口煙來道：「我知道范兄已經作有一批金子了。請問我當怎麼作法？」范寶華哈哈一笑道：「老兄，儘管你在賭桌上是大手筆，你還吃不下這個大饃饃吧，黃金是二百兩一塊，買一塊也是四百萬。自然只要現貨到手，馬上就掙它四百萬。可是這對本對利的生意，不是人人可以作到的。」

陶伯笙道：「這個我明白。我也不能那樣糊塗，想吃這個大饃饃。你說的是期貨，等印度飛來的金磚到了，就可兌現，自然是痛快。可是我只想小做，只要買點黃金儲蓄券。多一點三十兩二十兩，少一點十兩八兩都可以。」范寶華道：「這很簡單，你擠得出多少錢就去買多少得了。我還告訴你一點消息，要作黃金儲蓄，就得趕快。一兩個禮拜之內，就要加價，可能加到四萬，那就是和黑市一樣，沒有利息可圖了。」

陶伯笙看了李步祥一下，因道：「大家全不是外人，有話是不妨實說。我也就為了黃金官價快要漲，急於籌一筆錢來買。范兄，你路上雖得活動，你自己也要用，我不向你挪動。但是，我想打個六十萬元的會。」范寶華不等他說完，搶著道：「那沒有問題。不就是六萬元一腳嗎？我算一腳。」

陶伯笙笑道：「我知道你沒有問題，除了你還要去找九個人呢。實在不大容易。我想，求佛求一尊。打算請你擔保一下，讓我去向人家借一筆款子。」范寶華兩手同搖著笑道：「你絕對外行。於今借什麼錢，都要超過大一分，借六十萬，一個月要七八萬元的利錢。黃金儲蓄，是六個月兌現。六七四十二萬，六個月，你得付五十萬的子金。這還是說不打複利。若打起複利，你得付六十萬的利息。要算掙個對本對利，那不是白忙了？」

那胖子李步祥原只聽他兩人說話。及至陶伯笙說出借錢買黃金的透頂外行話，也情不自禁地插嘴道：「那玩不得，太不合算了。」陶伯笙道：「我也知道不行，所以來向范兄請教，此外，還有個法子，我想出來邀場頭，你總可以算一腳吧？」范寶華道：「這沒有什麼，我可以答應的。不過要想抽六十萬頭子，沒有那樣大的場面。而且還有一層，你自己不能來。你若是也加入，未必就贏。若是輸了的話，你又算白幹，那大可不必。」

陶伯笙偏著頭想了一想，笑道：「自然是我不來。不過到了那個時候，朋友拉著我上場子，我要是說不來的話，那豈不抹了人家的面子？怎麼樣？李先生可以來湊一腳？」李步祥笑道：「我哪裡夠資格？我們這天天趕市場的人，就掙的是幾個腳步錢。」

范寶華道：「提起了市場我們就說市場吧。老李，你到那邊去看看，若是今天的情形有什麼變動的話，立刻來給我一個信。我和老陶先談談。」

李步祥倒是很聽他的指揮，立刻拿起椅子上的皮包就走出餐廳的大門。剛走到大門口，就聽到有人在旁邊叫道：「我一猜就猜著了，你們會在這裡吃早點的。」他掉轉頭去看時，說話者就是剛才和范寶華談的袁三小姐。

她穿著後方時新的翠綠色白點子雪花呢長袍，套著淺灰法蘭絨大衣。頭髮是前面梳個螺旋堆，後面梳著六七條雲絲紐。胭脂粉塗抹得瓜子臉上像畫上的美女一樣，畫著兩條初三四的月亮型眉毛。最摩登的，還是她嘴角上那粒紅豆似的美人痣。看這個女人也不像是怎樣厲害的人。倒不想她和范寶華變成了冤家。他匆遽之間，為她的裝飾所動，有這點感想，也就沒答覆出什麼話來，只笑著點了兩點頭。

袁小姐笑道：「哼！老范也在這裡吧？」她說著，把肋下夾的皮包拿出來，在裡面抽出一條小小的花綢手絹，在鼻子上輕輕抹了兩下。李步祥又看到她十個手指頭上的蔻丹，把指甲染得血一般的紅。

她笑道：「老李！你只管看我作什麼？看我長得漂亮，打什麼主意嗎？」李步祥哎喲了一聲，連說不敢不敢。

袁三小姐笑道：「打我什麼主意，諒你也不敢，我是問你，是不是打算和我作媒？」李步祥還是繼續地說著不敢。

袁三小姐把手上的手絹提了一隻角，將全條手絹展開，抖著向他拂了一下，笑道：「阿木林，什麼不敢不敢？實對你說，你要發上幾千萬元的財，也就什麼都敢了。」老李笑道：「三小姐開什麼玩笑，你知道我是老實人。」

她笑道：「哼！老實人裡面挑出來的。哪個老實人能作游擊商人？這也不去管他了。你是到百貨市場去吧？托你一件事，給我買兩管三花牌口紅來。別害怕，不敲你的竹槓，我在百齡餐廳等著你。買來了，我就給你錢。」李步祥先笑道：「袁小姐就是這一張嘴不饒人。東西買來了，我送到哪裡去？」

袁三道：「你沒有聽見嗎？我在百齡餐廳等著你。你以為老范在那裡我不便去。那沒有關係，不是朋友，我們也是熟人。回頭要來。」說著笑對了他招招手，她竟是大開了步子，走進餐廳裡去。李步祥望著她的後影，搖了兩搖頭自言自語的道：「這個女人了不得。」於是走上百貨市場去。

這百貨交易所在一幢不曾完全炸毀的民房裡。這屋子前後共有四進，除了大門口，改為土地堂的小店面而外，裡面第二第三兩進屋子，拆了個空，倒像個風雨操場。這兩進房子裡挨著柱子，貼著牆，亂哄哄地擺下攤子。那些攤子上，有擺襯衫襪子的，有擺手絹的，有擺化妝品的，也有專擺肥皂的。夾著皮包的百貨販子，四處亂鑽，和守住攤子的人，站著就地交涉。全場人聲哄哄，像是夏季黃昏時候，擾亂了門角落裡的蚊子群。

李步祥兜了兩三處攤子，還沒有接洽好生意，這就有個穿藍布大褂的胖子光了頭，搬一條板凳放在屋子中間。他這麼一來，立刻在市場上的游擊商人，就圍了上來。人圍成了圈子以後，那胖子站在凳子上，在懷裡掏出一本拍紙簿，在耳朵夾縫裡取出一支鉛筆。他捧著簿子看了看，伸了手叫道：「新光襯衫九萬。」只這一聲，四處八方，人叢中有了反應：「八萬，八萬五，八萬二，兩打，三打，一打。」同時，圍著人群的頭上，也亂伸了手。那胖子又在喊著：「野貓牌毛巾一萬二。」在這種呼應聲中，陸續地有人走來，加進了那個擁擠的人圈，人的聲音也就越發嘈雜了。

李步祥的意思，只是來觀場，並不想買進貨品，也就只站在人叢後面呆望了一陣。約莫有十來分鐘，他把市場今日的行市，大概摸得清楚了。卻有人輕輕在肩上拍了一下，看時，正是那位邀賭的陶伯笙。便笑道：「陶先生，你也有興致來觀觀場嗎？不買東西，在這裡站著是無味的，聲音吵得人發昏。」陶伯笙笑道：「那位袁三小姐又去找老范去了。我想坐在一處，他們或者不好說話，所以我就避開來了。」

李步祥笑道：「沒有關係。我和他們混在一處兩三年，什麼不知道。這位袁三小姐是什麼全不在乎的。不是你提起我倒忘懷了。她正叫我給她買兩支口紅呢。來吧，我們一同來和袁小姐看口紅。」說著，轉了兩三個化妝品攤子，果然找到了兩支三花牌口紅。

李步祥一問價錢，那位攤販子並沒有開口說話，將藍布衫的長袖子伸出來。當李步祥也伸過手去和他握著時，他另一隻手，立刻取了一塊白的粗布手巾，搭在兩個人手上，也不知道他們兩隻手在布底下捏了些什麼。那李步祥縮回手來，攤販子立刻搖了兩搖頭道：「那不行，差遠了。」李步祥笑著伸過手去兩隻手捏住，又把布蓋著。他連問著：「可不可以？」於是兩個人一面捏手，一面打著暗號，結果，李步祥縮回手來，掏出幾千元鈔票，就把口紅買過來了。

陶伯笙跟著他走了幾步，笑道：「為什麼不明說，瞞著我嗎？」李步祥道：「市場上就是這麼一點規矩，明事暗做。其實什麼東西，什麼價錢，大家全知道。你非這樣幹，他不把你當內行，有什麼法子呢。走吧，把東西送給袁三去。」

陶伯笙笑道：「你當了老范的面，送她這樣精緻的化妝品，恐怕不大妥當，老范那個人疑心很重。」李步祥笑道：「沒關係，大家全是熟極了的人。」

他說著，向前走，一到餐廳門口，陶伯笙不見了。心想，這傢伙倒是步步當心，是個精靈鬼，自己也不可太大意。於是緩著步子向裡走，隔著餐廳玻璃門，先探頭望了一下。那袁三和范寶華坐在原先的桌位上，談笑自若。她倒是先看見了，抬起手來，連招了兩下。

李步祥只好夾著皮包走過去了。看看范袁兩人臉色，都極其自然。便橫頭坐下來笑道：「剛才范兄還提到你的，不想你就來了。」袁三將眼睛向兩人瞟了一眼，笑道：「那多謝你們惦記了。」李步祥道：「本來你和范兄是很好的。大家還可以……」袁三立刻把笑臉沉下來道：「老李，話不要說得太遠了。過去的事提他幹什麼？我們都不過是朋友而已。朋友見面，坐坐茶館何妨？」李步祥把臉腮上的胖肉擁起來，苦笑了一下。

袁三又笑道：「你自說是個老實人，說錯了話我也不怪你。托你買的口紅，你買了沒有？」他便在口袋裡掏出兩支口紅管子，放在桌上。袁三拿過去看了看裝潢上的記號，又送到鼻子尖上聞了兩下，點著頭道：「這是真的，你花了多少錢買的？」李步祥笑道：「小意思，還問什麼價錢？」袁三道：「我敲竹槓要敲像老范一樣的，敲就敲筆大的。你這個小小游擊商人，經不起我一敲。多少錢買的？說！」

李步祥一想，這傢伙真凶，和她客氣不得。於是點了頭笑道：「袁小姐說的是，你就給五千塊錢吧！我們買得便宜。」袁三道：「兩千五百元買不到一支口紅，你說實話。」李步祥將肥脖子一縮，笑道：「袁小姐真是厲害，市場上價目都曉得。我是七千元買的。」

袁三將朱漆的小皮包放在桌上打開，在裡面抽出一疊鈔票，拿了幾張由桌面上向李步祥面前一丟。因笑道：「你真是阿木林。北平人有句話，叫做窩囊廢，你說對不對？」李步祥紅著胖臉道：「民國二十一二年，我混小差使在北平住過兩年，這句話我懂得。那比上海人說的阿木林還要厲害一點。」袁三道：「你看！要錢就要錢，白送就白送，少算兩千塊錢，那算怎麼回事？」他笑道：「我怕袁小姐嫌我買貴了。」她笑著嘆了口氣道：「你真是一塊廢料。」說話時，還把手上拿的花綢手絹隔了桌面向他拂了幾拂。李步祥心裡十分不痛快，可是對了她還只有微笑。

袁三站了起來，將皮包夾在肋下，向范寶華道：「你大概是不要我會東的了。」范寶華笑道：「根本你也沒有擾我，就只喝了半杯茶。」袁三道：「勝利快來到了。大概一兩年內，我們可以回上海。好孩子，好好的抓幾個錢回家去養老婆兒女，別儘管賭唆哈。」她說著話時，手拿了皮包，將皮包角按住桌子，在地面懸起一隻腳，將皮鞋尖在地面上點著。最後，說了兩個字「再見」，揚著脖子挺了胸脯子就這樣地走了。

范李怔怔地對望了一陣。還是范寶華笑道：「這傢伙越來越流，簡直是個女棍子。幸而她離開了我，若是現今還在一處，我要讓她搜刮乾了。」李步祥道：「我在餐廳門口碰著她，是她先叫我的。她叫我到市場上去買口紅。不知道什麼緣故，我見著她就軟了，她叫我買東西，我不敢不買。我想老兄不會見怪。」

范寶華也笑著嘆口氣道：「你真是一塊廢料。這且不談，今日市場情形怎麼樣？」李步祥道：「還在看跌，市場上很少人進貨，我們還是按兵不動的好。」范寶華將桌子一拍道：「我還看情形三天，三天之內，還是繼續看跌的話，我決計大大地變動一下，要幹就痛痛快快地大幹一陣，這樣不死不活的也悶得很。我也不能讓袁三小視了我。」

李步祥道：「如果你有這個意思，我倒可以和你跑跑腿。那衡陽來的幾個百貨字號，當去年撤退的時候，他們把所有的東西都搬進來了，就是存著貨不肯拿出來，預備賺錢又賺錢。現在國軍打勝仗，眼見不久就要拿回桂柳，貨留著不是辦法，預備倒出來。你若買進一部分回來，趕快運到內地去賣，還是一筆好生意。」

范寶華笑道：「你真是不行，大後方可作的生意多著呢，除了作百貨，我們就沒有第二條路子嗎？你瞧著吧，這個禮拜以內，我要玩個大花樣。老陶那傢伙溜了，你到他家去找他一趟，讓他到家裡來找我。老李，你看我發財吧！」說著，打了一個哈哈。

第二回　吊角樓上兩家庭

范寶華是個有經驗的游擊商人，八年抗戰，他就做了六年半的游擊商，雖然也有時失敗，但立刻改變花樣，就可以把損失的資本撈回來。因之利上滾利，他於民國二十七年冬季，以二百元法幣作本錢，他已滾到了五千萬的資本。雖然這多年來，一貫地狂嫖浪賭，並不妨礙他生意的發展。

李步祥以一個小公務員改營游擊商業，才只短短的兩年歷史，對范寶華是十分佩服的，而且很得他許多指導，見他這樣的大笑，料著他又有了游擊妙術。便笑道：「你怎樣大大地幹一番？我除了跑百貨，別的貨物，我一點不在行，除此之外，現在以走哪一條路為宜呢？」

范寶華笑道：「你不用問著我這手戲法吧，你去和我找找老陶，就說我有新辦法就是了。若是今天上午能找到，就到我那裡去吃中飯。否則晚上見面。今晚上我不出門，靜等他。」李步祥道：「我看他是個好賭的無業游民，他還有什麼了不起的辦法嗎？」

范寶華道：「你不可以小視了他，他不過手上沒錢，調動不開。若是他有個五六百萬在手上，他的辦法，比我們多得多呢。」李步祥笑道：「我是佩服你的，你這樣地指揮我作，我就這樣進行。這次你成了功，怎麼幫我的忙？」

范寶華笑道：「借給你二百萬，三個月不要利錢。你有辦法的話，照樣可以發個小財。」他聽了自是十分高興，立刻夾了皮包，就向陶伯笙家來。

這陶伯笙住在臨街的一幢店面樓房裡，倒是四層樓。重慶的房子包括川東沿江的碼頭，那是世界上最奇怪的建築。那種怪法，怪得川外人有些不相信。比如你由大街上去拜訪朋友，你一腳跨進他的大門，那可能不是他家最低的一層，而是他的屋頂。你就由這屋頂的平臺上，逐步下樓，走進他的家，所以住在地面的人家，他要出門，有時是要爬三四層樓，而大門外恰是一條大路，和他四層樓上的大門平行。

這是什麼緣故？因為揚子江上溯入峽，兩面全是山，而且是石頭山。江邊的城市，無法將遍地的山頭扒平。城郭街道房屋，都隨了地勢高低上下建築。街道在山上一層層地向上橫列地堆疊著，街兩旁的人家，就有一列背對山峰，也有一列背對了懸崖。背對山峰的，他的樓房，靠著山向上起，碰巧遇到山上的第二條路，他的後門，就由最高的樓欄外，通到山上。這樣的房子還不算稀奇。因為你不由他的後門進去，並不和川外的房屋有別的。背對了懸崖的房屋，這就憑著川人的巧思了。

懸崖不會是筆陡的，總也有斜坡。川人將這斜坡，用西北的梯田制，一層層地剷平若干尺，成了斜倒向上堆疊的大坡子。這大坡子小坦地，不一定順序向上，盡可大間小，三間五，這樣的層次排列。於是在這些小坦地上，立著磚砌的柱子，在下面鋪好第一層樓板。那麼，這層樓板，必須和第二層坦地相接相平。第二層樓面就寬多了。於是在這一半樓面一半平地的所在，再立上柱子，接著蓋第三層樓。直到最後那層樓和馬路一般齊，這才算是正式房子的平地。在這裡起，又必須再有兩三層樓面，才和街道上的房子相稱。所以重慶的房子，有五六層樓，那是極普通的事。

可是這五六層樓，若和上海的房子相比，那又是個笑話。他們這樓房，最堅固的建築，也只有磚砌的四方柱子。所有的牆壁，全是用木條子，雙夾的漏縫釘著，外面糊上一層黃泥，再抹石灰。看去是極厚的牆，而一拳打一個窟窿。第二等的房子，不用磚柱，就用木柱。也不用假牆，將竹片編著籬笆，兩面糊著泥灰，名字叫著夾壁。還有第三等的房子，那尤其是下江人聞所未聞。哪怕是兩三層樓，全屋不用一根鐵釘。甚至不用一根木柱。除了屋頂是幾片薄瓦，全部器材是竹子與木板。大竹子作柱，小竹子作桁條，篦片代替了大小釘子，將屋架子捆住。壁也是竹片夾的，只糊一層薄黃泥而已。這有個名堂，叫捆綁房子。由懸崖下向上支起的屋子，屋上層才高出街面的，這叫吊樓，而捆綁房子，就照樣地可以起吊樓。唯其如此，所以重慶的房子，普通市民，是沒有建築上的享受的。

陶伯笙是個普通市民，他不能住超等房子，也就住的是一等市房的一幢吊樓。吊樓前面臨街，在地面上的是一家小雜貨舖。舖子後面，伸出崖外，一列兩間吊樓。其中一間住了家眷。另一間是他的臥室，也是客廳，也是他家眷的餐廳。過年節又當了堂屋，可以祭祖祭神。這份兒擠窄，也就只有久慣山城生活的難民處之坦然。

李步祥經范寶華告訴了詳細地點，站在小雜貨店門口打量了一番，望著店堂裡，堆了些貨簍子貨架子，後面是黑黝黝的，怕是人家堆棧，倒不敢進去。就在這時，有個少婦由草紙堆山貨簍子後面笑了出來，便閃開一邊看著。

那少婦還不到三十歲，穿件半舊的紅白鴛鴦格子綢夾袍，那袍子自肋以下有三個鈕扣沒扣，大衣襟飄飄然，腳下一步兩聲響，踏了雙皮拖鞋。燙頭髮雞窠似的堆了滿頭和滿肩。不過姿色還不錯。圓圓的臉，一雙畫眉眼，兩道眉毛雖然濃重些，微微地彎著，也還不失一份秀氣。她操著帶中原口音的普通話，笑著出來道：「下半天再說吧，有人請我聽戲哩。今天該換換口味了。」她臉腮上雖沒有抹胭脂粉，卻是紅暈滿腮，她笑著露出兩排白牙，很是美麗。

李步祥想著，這女人還漂亮，為什麼這樣隨便，他正這樣注意著，後面正是陶伯笙跟出來，他手上舉了隻手皮包，叫著道：「魏太太，妳丟了重要的東西了。」她這才站住，接過皮包將手拍著道：「空了。丟了也不要緊。不是皮包空了，我今天也不改變路線去聽戲。這兩次，我們都是慘敗。」說著，擺頭微笑，走到隔壁一家鋪子裡去了。

李步祥這才迎向前叫聲陶先生。他笑道：「你怎麼一下工夫又到這裡來了。請家裡坐，請家裡坐。」說著，把他由店堂裡向後引，引到自己的客室裡來。

李步祥一看，屋子裡有張半舊的木架床，被縟都是半舊的。雖然都還鋪疊得整齊，無如他的大皮包、報紙、衣服襪子，隨處都是。屋子裡有張三屜桌和四方桌，茶壺茶碗、書籍、大小玻璃瓶子、文具，沒有秩序地亂放。在垃圾堆中，有兩樣比較精緻些的，是兩個瓷瓶，各插了一束鮮花，另外還有一架時鐘。

這位陶先生出門，把身上的西服熨燙得平平整整，夾了個精緻大皮包，好像家裡很有點家產，可是住的屋子這樣糟。這吊樓的樓板，並沒有上漆，鞋底的泥代了油漆作用，浮面是一層潮黏黏的薄灰。走著這樓板還是有點兒閃動。陶伯笙趕快由桌子下面拖出張方凳子來，上面還有些瓜子殼和水漬，他將巴掌一陣亂抹，然後拍著笑道：「請坐請坐。」

李步祥看他桌上是個存貨堆棧，也就不必客氣了，把帶來的皮包，也放在桌上。雖然那張方凳子，是陶伯笙用手揩抹過的，可是他坐了下去，還覺得不怎麼合適，那也不理會了。因笑道：「我不是隨便在門口經過的，我是老范叫我來的。」陶伯笙道：「剛才分手，立刻又請老兄來找我，難道又有什麼特別要緊的事嗎？」說著，在身上掏出一盒紙菸，抽了一支敬客。

李步祥站起來接菸時，褲子卻被凳面子黏著，拉成了很長。回頭看時，有一塊軟糖，半邊黏在褲子上，半邊還在凳面上，陶伯笙笑著哎呀了一聲道：「這些小孩子真是討厭，不，也許是剛才魏太太丟下來的。」李步祥笑道：「沒關係，我這身衣服跟我在公路上跑來跑去，總有一萬里路，那也很夠本了。」他伸手把半截糖扒得乾淨，主人又在床面前另搬了張方凳子出來，請客坐下。

李步祥吸著菸，沉默了兩三分鐘，然後笑道：「這件事，就是我也莫名其妙。老范坐在茶座上，突然把桌子一拍，說是三天之內，要大幹一番，而且說是一定要發財。我也不知道他這個財會怎樣的發起來。他就叫我來約你去商量。想必他大幹一番，要你去幫忙。」陶伯笙伸著手搔了幾搔頭。因道：「要說作買賣，我也不是完全外行，但是要在老范面前，著實要打個折扣，他作生意，還用得著我嗎？」

李步祥道：「他這樣地著急要我來約你，那一定有道理。他在家裡等你吃午飯，你務必要到。」說著，就拿了皮包要走。陶伯笙說道：「老兄今天初次光顧，我絲毫沒有招待，實在是抱歉。」說著，將客送出了大門，還一直地表示歉意。

李步祥走了，他站在店鋪屋簷下，還不住的帶著笑容。有人笑問道：「陶先生，什麼事這樣地得意？把客送走了，還只是笑容滿面。這個胖子給你送筆財喜來了？」看時，又是那魏太太。她肋下夾著一本封面很美麗的書，似乎是新出版的小說。手上捏了個牛角尖紙包，裡面是油炸花生米。便答道：「天下有多少送上門來的財喜？他說是老范叫他來約我的，要我上午就去。」魏太太道：「那還不是要你去湊一腳。在什麼地方？」陶伯笙道：「不見得是約我湊腳。他向來是哪裡有場面就在哪裡加人，自己很少邀團隊。而且我算不得硬腳，他邀團隊也不會邀我。」

這時，有個穿藏青粗呢制服的人，很快地由街那邊走過來，站住，皺了眉向魏太太道：「怎麼在大街上說賭錢的事。」魏太太鉗了一粒花生米，放到嘴裡咀嚼著，因道：「怎麼著？街上不許談嗎？」她鉗花生米吃的時候，忘了肋下，那本書撲地一聲落在地上。她趕快彎腰去撿書。可是左手作事，那右手捏的牛角尖紙包，就裂開了縫，漏出許多花生米。那男子站在旁邊，說了兩個字：「你看。」不想這引起魏太太的怒火，刷的一聲，把那包花生米拋在地上，掉轉身就走進雜貨店隔壁的一家鋪子去了。

陶伯笙笑道：「魏先生，端本老兄，你這不是找釘子碰嗎？你怎麼可以在大街上質問太太？」魏端本臉上，透著三分尷尬，苦笑了道：「我這是好意的勸告，也不算是質問啦。」陶伯笙笑道：「趕快回家道歉吧。要不然，怪罪下來，你可吃不消。」魏端本微笑著，走回他的家。

他的家也是在一幢吊樓上。前面是片冷酒店。他們家比陶家寬裕，擁有兩間半屋子。一間是小客室，也作堂屋與餐廳，有一張方桌子，一張三屜桌，和幾隻木椅子和籐椅子。但是這樣屋子也就滿了。另一間是他夫婦的臥室，此外半間，算是屋外的一截小巷，家裡雇的老媽子，弄了張竹板床，就睡在那裡。

魏先生放緩了腳步，悄悄地走進了臥室，卻見太太倒在床上，捧了那本新買的小說在看，兩隻拖鞋，一隻在地板上，一隻在床沿上。光了兩隻腳懸在床沿外，不斷來回地晃著。魏先生走進房，站著呆一呆，但魏太太並不理他，還是晃著腳看著書。

魏先生在靠窗戶的桌子邊坐下。這裡有張半舊的五屜櫃。也就當了魏太太的梳妝臺。這上面也有茶壺茶杯，魏先生提起茶壺，向杯子裡斟著茶，不想這茶壺裡卻是空的。因道：「怎麼搞的？這一上午，連茶壺裡的茶都沒有預備。」那魏太太依然看她的書，對他還是不理會。

魏端本偷看太太的臉子，很有點怒色，便緩緩地走到床面前，又緩緩地在床沿上坐下。因帶了笑道：「我就是這樣說一聲，你又生氣了嗎？」說著，伸出手去，正要撫摸太太懸在床沿上的大腿。不料她一個鯉魚打挺，突然坐了起來，把手將魏端本身上一推，沉著臉道：「給我滾開些。」

魏端本猛不提防，身子向旁邊歪過去。碰在竹片夾壁上，掉落一大塊石灰。他也就生氣了，站在床面前道：「為什麼這樣凶？我剛剛下辦公廳回來，沒有吃，沒有喝，沒有休息。你不問一聲罷了，反而生我的氣。」魏太太道：「沒吃沒喝，活該。你沒有本領養家活口，住在這手推得倒的破吊樓上。我一輩子沒有受過這份罪。你有本領，不會雇上聽差老媽子，伺候你的吃你的喝？」

魏端本道：「我沒有本領？你又有甚麼本領，就是打唆哈。同事的家眷，誰不是同吃著辛苦，度這國難生活？有幾個人像你這樣賭瘋了。」魏太太使勁對丈夫臉上啐了一聲。豎著眉毛道：「你也配比人家嗎？你這個騙子。」說著索性把手指著魏先生的臉。

魏先生最怕太太罵他騙子。每在罵騙子之後，有許多不能答覆的問題。他立刻掉轉身來道：「我不和你吵，我還要去寫信呢。」他說著，就走到隔壁那間屋子裡去。魏太太卻是不肯把這事結束，踏著皮拖鞋，也追了過來。見魏先生坐在那三屜桌邊，正扯開抽屜，取出信紙信封。魏太太搶上前，一把將信紙按住。橫著眼道：「那不行。你得交代清楚明白，為什麼當了朋友的面，在馬路上侮辱我？」

魏端本道：「我怎麼會是侮辱你。夫妻之間，一句忠告都不能進嗎？你一位青春少婦站在馬路上談賭博，這是應當的嗎？」魏太太那隻手，還放在桌上，這就將桌子一拍，喝道：「賭博？你不能干涉我賭錢，青春少婦？你知道『青春』兩個字就好乘人於危，在逃難的時候用欺騙的手腕害了我的終身。我要到法院去告你重婚。我一個名門小姐，要當小老婆，也不當你魏端本的小老婆，我讓你冤苦了。」說著，也不再拍桌子了，坐到旁邊椅子上，兩手環抱伏在桌子上，頭枕了手臂，放聲大哭。而且哭得十分慘厲，那淚珠像拋沙一般，由手臂滾到桌面上去。

魏端本發了悶坐在破舊的籐椅子上，望了太太，很想辯駁兩句，可是沒有那股勇氣。想安慰她兩句吧？可是今天這件事，自己是百分之百的有理。難道在這種情形下，自己反要向她去道歉嗎？於是只有繼續地不作聲，在制服口袋裡摸出一盒紙菸，自己取了支菸，緩緩地擦了火柴來點著。

魏太太哭了一陣，昂起頭來，自用手絹抹著眼淚。因向魏端本道：「今天我和你提出兩個條件：第一，你得登報宣布，和你家裡的黃臉婆子早已離婚。我們要重新舉行結婚儀式。第二，乾脆我們離婚。」魏端本道：「平常口角，很算不了一回事，何必把問題弄得這樣嚴重。」

魏太太將頭一擺道：「那不行。現在的時局好轉，勝利就在今明年。明年回到了南京，交通便利，你那黃臉婆子來了，你讓我的臉向哪裡擺。這件事情，刻不容緩，你非辦不可。」魏端本道：「你這是強人所難。離婚要雙方簽字，才能有效。我一個人登報，有什麼用處？」

魏太太道：「強人所難？你沒有想到當年逃難到貴陽的時候，你逼著我和你一路到重慶來，書不念了，家庭也從此脫離了關係，那不是強人所難嗎？我怎麼都接受了，那個時候，你為什麼不說你家裡有老婆？」魏端本道：「六七年的舊帳，你何必去清算。這七年以來，我沒有虧待你。而且那時候，在貴陽的朋友，也把我的家事告訴了你的。事後你問我，我都承認了，我並沒有欺騙你。」

她道：「事後？事後才告訴我。可是我的貞操，已經讓你破壞了。慢說我是舊家庭出身，就算我是新家庭的產兒，一個女孩子的貞操，讓人破壞了，也是不可補償的損失。那時，我年輕，沒有主意，雖是你朋友告訴了我你是個騙子，可是我也只好將錯就錯。現在沒有什麼話說，你賠償我的貞操，還我一個處女的身分。不然的話，我到法院裡去告你誘拐重婚。你這種狼心狗肺的人，不給你厲害，你不知道好歹。」

魏端本將吸的菸向桌下瓦痰盂子裡一丟，紅著臉道：「你的貞操，是我破壞的嗎？」魏太太聽了這話，先是臉上一紅，隨後臉色慘然作變，最後臉腮向下沉著，兩道眉毛豎了起來。看到桌子面前有個茶杯猛可地拿起茶杯來，對了魏端本迎面砸了過去。

魏先生在她拿起茶杯來時，根據以往的經驗，已予以嚴密的注意。她一舉手，他立刻將身子一偏，茶杯飛了過來，沒有砸著他的臉，卻砸在他的肩膀上。茶杯裡還有些剩茶，隨著杯子翻過來，淋了魏先生一身。杯子滾到地板上，就嗆啷一聲碎成了幾片。魏先生這實在不能不生氣了，瞪著眼望了她道：「好！你又動手。」魏太太坐在對面椅子上，又哇地一聲哭了。

魏先生對於太太有三件事，非屈服不可。其一是太太化妝之後，覺得比任何同事的太太還要漂亮。

這時出於衷心的喜悅，太太要什麼給什麼。第二是太太生氣的時候，也不能不屈服。當初和太太結合的時候，太太是十九歲，兀自帶著三分小孩兒脾氣，一點兒事就著惱，也不免有些撒嬌成分，魏先生總是將就著。偶然有兩次不將就，太太可就惱怒得更厲害，唸著她年輕，還是讓步吧。這麼一來，成了習慣，太太一生氣，魏先生就軟了半截。第三是太太哭的時候了，教人有話說不進去，動手打架，更是不忍，也只有屈服。而且不屈服的話，太太就要算舊帳，鬧離婚，幾次也就決定了離婚了，可是怕她要巨額的贍養費。尤其是兩個小孩子一個四歲，一個兩歲半，將會陷入悲慘的境界。再說，太太實在也很漂亮，失去了這樣的太太，一個抗戰期間的小公務員，哪裡找去？在這幾種情形之下，他對太太已絲毫沒有反抗的能力。

現在太太又在哭了，縱然潑了身上衣服一片水漬，可說絲毫沒有受傷，茶杯那一砸，也就不必計較。回想對太太所說的話，實在也太嚴重了。關於太太貞操問題，這是個謎。向來微露口風，提出質問，必是一場惡劣的鬥爭，積威之下，過去的事，本來也不願提，這時因為太太自己提了出來，落得反擊一下。不想她依然強硬非常。打算戰勝她的話，只有答應離婚。反正她知道小公務員是窮的，不會要多少錢。若說她會鬧到上司那裡去，或者在報上登啟事，反正這一碗公務員的飯，也沒有什麼可以留戀的。實在不能忍受了。除了言語咄咄逼人，她還動手打人。有家庭的樂處，實在抵不了沒家庭的苦處。立刻之間，他心裡有了急遽的變化。呆站著了一會，看到太太還在嗚嗚咽咽地哭，他就坐了下來，取出紙菸來吸著。

把這支紙菸吸完了，對付太太的主意也有個八成完成。覺得拆散了也好。否則，將來勝利回家，更有一番驚天動地的大交涉。正自這樣想著，女傭工楊嫂帶著兩個孩子回來了。手上抱著一個，身後跟著一個，抱著的那個兩歲半的男孩子，手上拿了半個燒餅。老遠地叫著道：「爸爸，燒餅。」他不由得笑了，點頭道：「好孩子。你吃吧。」在他這一笑之中，立刻想到，離不得婚，孩子要受罪呀。

第三回　回家後的刺激

魏太太很知道她丈夫是一種什麼性格，見他對孩子笑著說出了和軟的話，尤其料到他是不會強硬的，便掏起這件舊袖子的衣襟，擦著臉上的淚痕。楊嫂看到就把自己衣袋裡一條白手絹送了過來。因道：「你為啥子又和先生割孽嗎？（川語：衝突或極端不和之謂）這裡有塊帕子。」魏太太將手帕拿著一摔道：「用不著。我身上穿的衣服，還不如抹桌布呢。」

魏端本看太太這個樣子，氣還是很大，往常楊嫂做飯，不是將孩子交給太太，就是交給主人。這樣子，太太是不會帶孩子的。自己若去帶孩子，也就太示弱了。沒人帶孩子，這頓午飯，休想吃，便到臥室裡拿著皮包戴上帽子，悄悄地走出去。

當他由這屋門口經過的時候，魏太太就看到了。因叫著道：「姓魏的，你逃走不行，你得把話交代明白了。」魏端本一面走著，一面道：「我有什麼可交代的？我躲開你還不行嗎？」而且說到最後一句，他腳步加快，立刻就走遠了。

魏太太追到房門口，將手撐著門框，罵道：「魏端本，你有本領走，看你走到哪裡去？你從此不回來，才算是你的本事。」楊嫂道：「太太，不要吼了。先生走了，你就可以麼臺了（完事也）。我給你買回來了。好貴喲。」說著，她在衣襟下面摸出兩枚廣柑來。

這東西是四川特等產品。上海人叫做花旗橘子，而且色香味，比花旗橘子都好。二十六年抗戰初期入川的下江人，都為了滿街可買到的廣柑而吃驚，那時間的廣柑，一元可以買到三百枚。大家真沒想到中國土產，比美國貨又好又便宜。同時也奇怪著，為什麼就沒有人把這東西販到下江去賣？因之到了四川的外省人大家都歡喜去吃川橘和廣柑。廣柑也就隨人的嗜好普遍和物價指數的上升，在三十四年的春季，曾賣到一千元一枚。

魏太太吃這廣柑的時候，是三十四年的春季，還沒有到十分缺貨的時候，也就五百元一枚了。她拿著廣柑在鼻子尖上嗅了一下，笑道：「還不壞。」將一枚放桌上，取一枚在手，就站了剝著吃。小孩子在吃燒餅，卻不理會。大孩子站在老媽子身後，將一個食指送到嘴裡去吮著，兩隻小眼滴溜溜地望了母親。

魏太太吃著還剩半邊廣柑，就塞到大孩子手上。因道：「拿去拿去，你和你那混蛋的老子一樣，看不得我吃一點東西。」說著，又剝那一個廣柑吃，楊嫂道：「時候不早了，我們該燒飯了。太太，你帶孩子，要不要得？」她搖頭道：「我才不帶呢。不是這兩個小東西，我才自由得多呢。」

楊嫂道：「先生回來吃飯，郎個做（怎麼辦）？」魏太太道：「他才不回來呢，我也不想吃什麼，到斜對面三六九去（重慶下江麵館，市招一律為三六九，故三六九成為上海麵店之代名詞）下四碗麵來。我吃一碗，你帶小孩共吃三碗，總夠了。我那碗，要排骨的。我要雙澆，來兩塊排骨，炸得熟點兒，你們吃什麼麵，我就不管了。管他呢，落得省事。把這家管好了，也沒意思，住在這店鋪後面的吊樓上住家像坐牢無二。」

這位楊嫂，和魏先生一樣，她是很怕這位太太，不過魏太太手頭很鬆，用錢向來沒有問過帳目。有著這樣的主人，每月有工資四五倍的進帳，在太太發脾氣的時候，也就忍耐一點了。太太這樣說著話，似乎脾氣又要上來。她於是抱著一個孩子，牽著一個孩子，因道：「走，我們端麵來吃。」

魏太太對於女傭工是不是去端麵，倒並不介意，且自把這個五百元一枚的廣柑吃完了。想起剛才看的那本小說，開頭描寫愛情的那段就很有趣味。這書到底寫些什麼故事，卻是急於要知道的，於是回了房去，又睡到床上，將書捧著看。

也不知經過了多少時候，楊嫂站在屋裡道：「太太，你還不起來吃麵，麵放在桌上都快要涼了。」她只是哼了一聲，依然在看書。這楊嫂隨了她將近三年，也很知道她一點脾氣。這就端了那碗麵送到她面前來，笑道：「三六九的老闆，和我們都很熟了，你看看這兩塊排骨，硬是大得很。」魏太太把眼光由書本上瞟到麵碗上來，果然那兩塊排骨有巴掌那麼大。同時，也真覺得肚子裡有點餓。一個翻身坐了起來，先將兩個指頭鉗了一塊排骨送到嘴裡咀嚼著。笑道：「味兒很好。」楊嫂於是把麵碗放到桌上笑道：「那麼，太太你就快來吃吧。」魏太太被這塊排骨勾引起食慾來了。立刻隨著那麵碗來到了桌旁，五分鐘後，她就把那碗麵吃完了。她那本小說，是帶在手邊的，於是繼續地翻著看。

楊嫂進來拿碗問道：「太太，你不洗把臉嗎？」她道：「把冷手巾拿過來，我擦把臉就是。」楊嫂道：「你不是要去看戲嗎？」她將手按著書昂頭想了一想，便點頭道：「好的，我去看戲。魏端本他不要這家，我田佩芝也不要這個家，你給我打盆熱水來。」楊嫂笑道：「水早已打來了。」說著，向那五屜櫃上一指。魏太太一拍書本，站了起來道：「不看書了，出去散散悶。」說著，便把放倒了的鏡子在五屜櫃上支起來，在抽屜裡搬出了一部分化妝品，連同桌面上的小瓶兒小盒兒一齊使用著。

三十分鐘工夫，她理清了頭髮，抹上了油，臉上抹勻了脂粉。將床裡邊壁上掛的一件花綢袍子換過，摸起枕頭下的皮包，正待出門，因走路響聲不同，低頭看去，還是踏著拖鞋呢。自己笑罵著道：「我這是怎麼著了，有點兒魂不守舍。」說著，自在床褥子下摸出長統絲襪子來穿了。

可是再看看那床底下的皮鞋，卻只有一隻，彎著腰，把魏端本留在家裡的手杖，向床底下掏了一陣，也還是沒有。因為屋子小，放不下的破舊東西，多半是塞到床底下去。大小籃子、破手提皮箱、破棉絮捲兒，什麼都有。她想把這些東西全拖出來再行清理，一來是太吃力，二來是灰塵很重，剛是化妝換了衣服，若弄了一身的灰塵，勢必重新化妝一次，那就更費事了。她這樣地躊躇著，坐在床沿上，只是出神。最後只好叫著楊嫂了。

楊嫂進來了，看到太太穿了絲襪子卻是踏著拖鞋，一隻皮鞋扔在屋子中間地板上。這就讓楊嫂明白了，笑道：「那一隻皮鞋，在五斗櫃抽斗裡，太太，你忘記了嗎？」她道：「怎麼會把皮鞋弄到抽斗裡面去了呢？」

楊嫂笑道：「昨晚上你把皮鞋拿起來，要打小弟弟，小弟弟剛是打開抽斗來耍，你那隻鞋子，就丟在抽斗裡面了。」她說著，把五斗櫃最下一層抽斗拉開，那隻皮鞋底兒朝天，正是在那抽斗中間。魏太太笑道：「我就沒有向那老遠的想，想到昨天晚上去，拿來我穿吧。」

楊嫂將鞋子送過去，她是趕快地兩腳蹬著，及到站起來要走，覺得鞋子怪夾人。楊嫂笑道：「鞋子穿反了喲。」魏太太笑道：「真糟糕，我是越來越錯。」於是復坐下來，把鞋子穿順，拿起手皮包，正待要走，這倒讓她記起一件事。因而問楊嫂道：「我兩個孩子呢？」她笑道：「不生關係，他們在隔壁屋子裡吃麵。」

魏太太含著笑，輕放了腳步，慢慢兒地走出去了。她慣例是這樣子的，出去的時候，怕讓兩個小孩子看見，及至出了大門，她也就把小孩子們忘記了。小孩子被她遺棄慣了，倒也不感覺得什麼痛苦，楊嫂帶著他們到鄰居家玩玩，街上走走，混混就是一天。倒是在辦公廳裡的魏端本，有時會想起這兩個孩子。今天和太太口角一番，負氣走出去，沒有在家吃午飯。他想到太太是向來不屈服的，料想也未必在家。兩個孩子，不知吃了午飯沒有？他有了這份想頭，再也不忍和太太鬧脾氣了，公事完畢，趕快地就向家裡走。

到了家門口，已是滿街亮著電燈的時候，冷酒鋪子止在上座，每副座頭上都坐著有人，談話的聲音鬧哄哄的。心裡本就有幾分不快，走到這冷酒店門口，立刻發生著一個感想，當公務員，以前說是作官，作官那還了得，誰不羨慕的一回事。於今作官的人，連住家的地方都沒有，只是住在冷酒鋪子後面，這也就難怪作小姐出身的太太，始終是不痛快。

他懷著一分慚愧的心情走回家去，那個作客廳的屋子，門是半掩著，臥房呢，門就倒鎖著了。向隔壁小房子裡張望一下，見楊嫂帶了兩了孩子睡在床鋪上，巷子口上，有盞沒有磁罩子的電燈，是照著整個長巷，長巷另一頭，是土灶水缸小木板用棍子撐著的條桌，算是廚房。灶是冷冰冰的，條板上的砧板菜刀，很安靜地睡在那裡，菜碗飯碗覆在條板上，堆疊著碗底朝天，便自嘆了一聲道：「不像人家，成天不舉火。」

這話把睡在床上的楊嫂驚醒，坐起來道：「先生轉來了，鑰匙在我這裡，要不要開房門？」魏端本道：「你把鑰匙交給我，你開始作飯吧。」楊嫂將鑰匙交過來，答道：「就是嗎，兩個娃兒都睏著了，正好燒飯，沒得菜喀。」魏端本道：「中午你們怎樣吃的？」楊嫂道：「在三六九端麵來吃的，沒有燒火。」魏端本道：「我猜著一點沒有錯。鑰匙還是交給你，請你看家看孩子帶燒飯，我去買點菜。油鹽有沒有？」楊嫂道：「鹽倒有，沒有油。割得到肉的話，割半斤肥肉轉來，可以當油，也可以燒菜。」魏端本道：「就是那麼說。」於是將帽子公事皮包一齊交給了楊嫂，自出去買菜。

這地方到菜市還不遠，沒有考慮的走去。到了那裡，只有木柵欄上掛了幾盞三角菜油燈，各放出四五寸長的火焰，照見幾個小販子，坐在矮凳子上算帳，高板凳堆著大小鈔票。菜市裡面的大場面，是黑洞洞的。這面前有七八副肉案，也都空著。只有一副肉案的半空上掛著兩小串肉，帶半邊豬頭。

叫一聲買肉，沒有人答應，旁邊算帳的小販代答道：「賣肉的消夜去了，不賣了。」魏端本說了許多好話，請他們代賣半斤肥肉，並告訴了是個窮公務員，下班晚了。有個年老的販子站起來道：「看你先生這樣子，硬是在機關裡作事的，我割半斤肥肉你轉去當油又當菜吃。你若是作生意的，我就不招閒（不管也）怕你不會去上館子。」說著，真的拿起案子上的尖刀，在掛鉤上割下一塊肥肉，向案上一扔道：「拿去，就算半斤，準多不少，沒得稱得。」

魏端本看那塊肉，大概有半斤，不敢計較，照半斤付了錢。因而道：「老闆，菜市裡還買得到小菜嗎？」老販子搖搖頭道：「啥子都沒得。」魏端本道：「這半斤肥肉，怎麼個吃法？」老販子道：「你為啥子早不買菜？」魏端本道：「我一早辦公去了，家裡太太生病，還帶三個孩子呢，已經餓一天了，誰來買菜，而且我不在家，也沒有錢買菜。我今天不回家，他們還得餓到明天。」老販子點點頭道：「當公務員的人，現在真是沒得啥子意思。你們下江人在重慶作生意，哪個不發財，你朗個不改行嗎？我幫你個忙，替你去找找看，能找到啥子沒得，你等一下。」說著，他徑直走向那黑洞洞的菜場裡面去了。

約莫六七分鐘，他捧了一抱菜蔬出來。其中是三個大蘿蔔，兩小棵青菜，半把菠菜，十來根蔥蒜。笑道：「就是這些，拿去。」說著，全放在肉案板上。魏端本道：「老闆，這怎麼個算法，我應當給多少錢？」老販子道：「把啥子錢？我也是一點同情心嗎！賣菜的人，都走了，我是當強盜（川語謂小賊為強盜，而謂強盜為棒客，或稱老二）偷來的。」魏端本拱拱手道：「那怎樣好意思哩？」老販子道：「不生關係。他們也是剩下來的。你太婆兒（川語太太也）病在家裡，快回去燒飯。抗戰期間，作啥子宮？作孽喀。」

魏端本真沒想到得著人家下級社會這樣的同情。連聲道地謝，拿著雜菜和半斤豬肉，走回家去。太太依然是沒有回來。他把菜送到廚房裡去，楊嫂正燜著飯。看了這些菜道：「喲！這是朗個吃法？」魏端本笑道：「那不很簡單嗎？先把肥肉煉好了油，蘿蔔青菜菠菜煮它個一鍋爛。有的是蔥蒜，開鍋的時候，切些蔥花蒜花，還有香氣呢。閒著也是閒著，你洗菜，我來切。」

楊嫂也沒有說什麼，照著他的話辦，看她那樣子，也許有點不高興，魏先生也就不說什麼了。連肉和菜蔬都切過了，和楊嫂談幾句話，她也是有問就答，無問不理。這分明她極端表示著，站在太太一條線下。便也不多說話，回到外邊屋子裡，隨手抽了本土紙本的雜誌坐在昏黃的電燈下看，借等飯菜來到。

不到半小時，飯菜都來了，一隻大瓦鉢子，裝了平價米的黃色飯，一隻小的鉢子，裝了雜和菜。那切的白蘿蔔片上，鋪著幾片青菜葉兒，顏色倒很好看，尤其是那些新加入的蒜葉蔥葉，香氣噴人。他扶起筷子夾了幾片蘿蔔放到嘴裡咀嚼，半斤肥肉的作料，油膩頗重。因笑道：「這很不錯，色香味俱佳。」楊嫂靠了房門站定，撇了嘴角微笑。

魏端本笑道：「你笑什麼？我也不是生來就吃這個呀。這抗戰的年頭，多少人家破人亡，有這個東西吃，那也不大壞呀。」楊嫂道：「先生，你為啥子不作生意？當個經理，不比當科長科員好得多嗎？現時在機關裡作事，沒得啥子意思咯。」

魏端本吃著飯，且和她談話。因道：「你叫我作生意，我作哪個行當呢？」楊嫂道：「到銀行裡去找個事嗎，要不，吃子公司也好嗎。不作啥子生意，買些東西囤起來也好嗎！票子不值錢，拿在手上作啥子？」

魏端本笑道：「我比你知道得多，票子不值錢？票子我還想不到呢。太太說你也囤了些貨，掙多少錢？」楊嫂聽了這話，眉飛色舞地笑了。她道：「也沒有囤啥子。去年子，我爸爸進城來了，帶去幾千塊錢，買了幾斗胡豆（蠶豆也）上個月賣脫，掙了點錢。」

魏端本道：「你說的是四川用的老斗子。幾斗豆子，大概有兩市擔吧？於今的市價，你應該掙了三四萬了。」她笑道：「沒得朗個多。但是，作生意硬是要得，作糧食生意更要得。黑市的糧食好貴喲！」

魏端本放下筷子，昂頭嘆了口氣道：「是何世界？來自田間的村婦，知道囤積，也知道黑市這個名詞，我們真該慚愧死了。」忽然有人接嘴道：「你今天才明白？你早就該慚愧死了。」

說著話進來的，正是太太田佩芝。他心裡想著：好哇！人還沒有進門，就先罵起我來了。昂起頭來，就想向她回罵幾句過去。然而就在這一抬頭之間，他的勇氣完全為審美的觀念克服，沒有反抗的餘地了。現時眼裡所看到的太太，比往日更為漂亮，她新燙了髮，烏亮的雲團，罩著一張蘋果色的嫩臉子，越顯得那雙大眼睛黑白分明。儘管臉上帶了怒色，也是她作女孩子時候，那樣天真。

他立刻放下筷子碗，站起來笑道：「今天上午的事，回想起來，是我錯了。我想你不好意思怎樣處罰我吧？」魏太太瞪了他一眼，沒說什麼，走近桌子，看看瓦鉢子裡是煮的蘿蔔青菜，便道：「越來越出窮相了。盛菜沒有碗，用瓦鉢子，不像話。」說畢，把頭一扭白走了。

魏端本雖然碰了太太一個無言的釘子，然而究竟沒再罵出來，似乎因自己的道歉，壓下去了幾分怒氣，聽到隔壁臥室裡，丁冬兩下響，知道太太已脫了高跟鞋。她向來是這樣，疲倦了要倒向床上睡下，照例是遠遠地把鞋子扔了出去的。

把飯吃完，自到廚房裡去提著水壺到臥室裡去，打算將熱水傾到洗臉架子上的臉盆裡去，卻見太太正把那臉盆放在五屜櫃上，臉盆裡的水，變成乳白色，一陣香皂味襲人鼻端，洗臉手巾揉成一團，放在桌面上，她正彎了腰對著鏡子，將那胭脂膏的小撲子，三個指頭鉗著，在臉腮上擦著紅暈。這就放下水壺，站在旁邊呆看了一會。

太太抹完了胭脂，卻拿起了櫃面上的口紅管子在嘴唇上塗抹著。她站在桌子的正面，恰是攔住了魏先生過去取洗臉盆。魏先生看過了這樣久，卻是不能不說話了。因道：「你不是剛由理髮館裡回來嗎？

又……」這句話沒有完，魏太太扭轉了身軀，向他瞪了眼道：「怎麼樣？由理髮館裡回來就不許再洗臉嗎？」

口裡說著，她收拾了口紅管子，將染了口紅的手指頭，在溼手巾上揉搓著。她那身體是半偏的，她出門的那件淡紅色白點花漂亮花綢衣服，又沒有換下，倒更是顯得身段苗條。說話時，紅嘴唇裡的牙齒越發是白淨而整齊。這就兩隻手同時搖著道：「不要生氣，太太！我是說你已經夠美的了！這是真話，你理了髮回來，黑是黑，白是白，實在現出了你的美麗，一個窮公務員，真是不配和你作夫妻。」說著，半歪了脖子看著太太，作個羨慕的微笑。

魏太太臉上有點笑容，鼻子聳著，哼了一聲，魏端本回頭看看，楊嫂並不在身後，就向太太深深地鞠了個躬，笑道：「我實在對不起你，你要怎樣罰我都可以。你是不是又要出門去。若是看電影的話，買票子擠得不得了，我去和你排班。」他口裡說著，看看太太的腳下，卻穿的是繡花緞子舊便鞋。魏太太笑道：「不要假惺惺了，我不上街。」

魏端本走近一步，靠住她站著，低聲笑道：「你修飾得這樣的漂亮，是給我看嗎？」魏太太伸手將他一推道：「不要鬼頭鬼腦，你也自己照照鏡子吧，周身都是晦氣。誰都像你，年輕的人，見人不要一個外面光？」

她是輕輕地推著，魏端本並沒有讓她推開。便笑道：「我怎麼能穿得外面光呢？現在骨子裡窮，面子上也窮，還可以得著人家同情。若是外面裝著個假場面，連社會的同情心，都要失掉了。」魏太太道：「社會上同情你，誰同情你？打我這裡起，就不能同情你。一樣的有手有腳有腦筋，而且多讀了十幾年書，有一張大學文憑，什麼事不能幹？要當一個公務員，你混得簡直不如一個挑糞賣菜的了。哪個年輕力壯的人，現在不是一掙幾十萬。」

魏端本笑道：「你不要說社會上沒有同情我，剛才到菜市去買菜，那菜販子就同情我，青菜蘿蔔送了一大抱，看見我可憐，不要我的錢。」魏太太把臉一沉，瞪著眼嚇了一聲道：「你也太沒有廉恥了。說你不如挑糞賣菜的，你倒是真的接受著人家的憐憫，拿了人家的菜蔬不給錢，你還有臉對我說。我不和你說話，別丟盡了我的臉。」說著撿起床上放著的皮包扭身就走。

魏端本被她這樣搶白著，也自覺有點慚愧，怔怔地站在屋子裡。楊嫂走進屋子來，給她收拾著扔在五屜櫃上的化妝品。魏端本問道：「太太到哪裡去了，你知道嗎？」楊嫂很隨便地答道：「還不是打唆哈去了。」他問道：「打唆哈去了？她不見得有錢呀！」

楊嫂把化妝品收拾乾淨，放到抽屜裡去了，將抽屜猛可地一推，回轉頭來向他笑道：「先生，你沒有辦法，別個也沒有辦法嗎？」她說畢自走了，魏端本站在屋子中又呆住了，楊嫂的言語，比太太說的還要刺激幾分呢！

第三回　回家後的刺激

第四回　乘興而來敗興回

在魏先生這樣呆住的時候，卻聽到門外有人叫了聲楊嫂。她答應了以後，那個叫的人聲音變小了，挨著房門走向隔壁的夾道裡去。這是個婦人，是鄰居陶家的女傭工。魏端本看到她這鬼鬼祟祟，心裡立刻明白過來，必是太太同陶先生一路出去賭錢去了，這是來交代一句話，且悄悄地去聽她說些什麼，於是也就跟蹤走了過去。

這就聽到那女傭工低聲道：「你太太在我們家裡打牌，手帕子落在家裡，你拿兩條乾淨的送了去。」楊嫂道：「啥子要這樣怪頭怪腦，隨便她朗個賭，先生也管不到她，就是嗎，我送帕子去。我太太要是贏了錢的話，你明天要告訴我。」那女傭笑道：「你太太贏了錢，分你小費？對不對頭？」楊嫂道：「輸了就要看她臉色喀。今天和先生割孽，還不是這幾天都輸錢。」

魏端本聽到這裡，也就無須再向下聽了，回到屋子裡，睡倒床上，呆想了一陣，怪不得這個月給了她十幾萬元，還混不過半個月。這十幾萬元，跑了多少路，費了多少手腳。下半個月，若不再找兩筆外快，且不談這日子過不下去，至少要和太太吵架三五次。而且，自己要買一雙皮鞋，也要作一套單的中山裝，這不止是十萬元的開支。

他想到這裡，不能睡著了，一個翻身坐起來，將衣裳裡記事由的日記本子翻著檢查一遍。這些事由，在字面上看，雖都是公事。但在這字裡行間，全是找得出辦法來的。自己檢查著心裡隨時的計劃，怎樣去找錢來補家用的不足。這又感到坐在床沿上空想是不足的了，必須實行在紙面來列舉計劃，於是就了電燈光，靠著五屜櫃站立，把放在抽屜裡的作廢名片，將太太畫眉毛的鉛筆，在名片背上，自己打著啞謎地作起記號。

先想起了白發公司的王經理，曾托自己催促某件公事的批示，這就把白改為紅，王改為玉，公事改為私章。這件事在陳科長那裡，已表示可以通融，徑直地就暗示王經理拿出五十萬來，起碼弄他個十萬。

又想起合作社那一批陰丹士林布，共是五十七疋，放在倉庫裡五六個月沒有人提起，可能是處長忘記了。經手的幾個人，全是調到別一科去了，檔案的箱子，自己是能開的。若是能把那五字改成三字，二十疋陰丹士林可以弄出來。這只要和科長說明了，有大批收入，為什麼不幹？這市價五六萬的行市，就是一百萬。這可以叫科長上簽呈說是把那布拿出來配給，和什麼平價布、平價襪子，混著一拿，只要是科長把這事交給我辦，運到科裡檢收的時候，就可以在分批拿出去的過程中，徑直送到科長家裡去。事成之後，怕科長不分出幾成來，於是另取張名片，寫了丹陽人五十七歲，半年不知所在幾個字。

第二次又在雜記簿上發現了修理汽車行通記的記載，這是共過來往的。處長上次修理車子，配了三個零件，照市價打折算錢，處長高興之至。運動科長上過簽呈，把南岸三部壞了的卡車拿去修理。通記的老闆，至少也會在修理費上給個二八回扣，十萬八萬，那也是沒有問題的。

他這樣地想著，竟想到了七八項之多，每個計劃，都暗暗地作下了記號。自己也沒有理會到已經站了多久，不過偶然直起身子來，已是兩隻腳酸得不能直立了。他扶著五屜櫃和板凳，摸到床沿上去坐著，他默想著自己是有些利令智昏了。單獨地在家裡想發財，人都不知道在什麼地方了。可是話又得說回來，若不想法子弄錢，怎樣能應付太太的揮霍呢？這個時候，她正在隔壁揮霍，倒不知道心裡是不是很痛快？她正在那五張撲克牌上出神，還會有那富餘的思想想到家和丈夫身上來嗎？好是賭場就在隔壁，倒要去看看她是怎樣的高興。

於是把皮鞋脫了，換了雙便鞋，將房門倒鎖了，悄悄地走向隔壁去。這時那雜貨店已關上了店門。裡面看門的店夥，顯然已得有陶伯笙的好處，敲門的時候，應門的人，盤問了好幾句話，直問到魏端本交代清楚，太太也在陶家，是送東西來的，他才將門打開。人進去了，他也立刻就關上門。

魏端本走到店房後，見陶伯笙所住的那個屋子有強烈的電燈光，由裡面射出來。因為他的房門雖已關上，但那門是太薄了，裂開了許多縫，那縫裡透露出來的光線，正是銀條一般。魏端本走到門外，就聽到太太有了不平的聲音道：「真是氣死人，又碰了這樣一個大釘子。越拿了大牌，我就越要輸錢，真是氣死人。」

她說這幾句話，接連來了兩句氣死人，可想到她氣頭子不小，若是走進去了，她若不顧體面罵了起來，那倒是進退兩難了。這把要來觀場的心事，完全推翻。不過好容易把門叫開，立刻又抽身回去，這倒是讓那雜貨店裡的人見笑的。因之就站在門邊，由門縫裡向內張望著。這個門縫竟是容得下半隻眼睛，看到裡面非常的清楚。

這屋子中間擺了一張圓桌面，共圍坐了六個男人，兩個女人。其中一個就是自己太太了。太太面前放著一疊鈔票，連大帶小約莫總有兩三萬元。她總是說沒錢用，不知道她這賭場上的錢是由哪裡來的。人家散著撲克牌，她卻是把面前的鈔票一掀三四張，向桌子中心賭注上一扔。扔了一回又是一回。結果和著桌中心大批的鈔票讓別人席捲而去。

魏端本在門縫裡張著，心裡倒是非常之難過，嘆了口無聲的氣，逕自回家去了。但他一不留心，卻把門碰響了一下。主人陶伯笙坐在靠門的一方，他總擔心有捉賭的，立刻回轉身問句哪個？但魏端本既已轉身，人就走遠了。並沒有什麼反應。

魏太太坐在陶伯笙對面抬頭就看到這扇門的。便笑道：「還不是你們家裡的那隻野狗？你們家有剩菜剩飯倒給野狗吃，就常常招引著它來了。」陶伯笙對這話雖不相信，但惦記桌上的牌，也就沒有開門來看是誰，無人答應，也就算了。

這時，是這桌上第二位太太散牌。這位太太三十多歲，白白胖胖的長圓面孔，鼻子兩邊，兩塊顴骨，高高撐起，配著單眼皮的銀杏眼，這頗表示著她面部的緊張，也可想她在家庭有權的。若照迷信的中國老相法說，她是剋夫的相了，她微微地捲起一寸多綠呢夾袍的袖口，露出左腕上戴的一隻盤龍的金鐲子，兩隻肥白的手，拿著撲克在手上，是那樣的熟悉，牌像翻花片似的，向其餘七位賭客面前扔去。送到第二張的時候，是明張子了。魏太太緊挨了她坐著是第七家，第二張是個K，第三張卻是個A。她笑道：「老魏，你該撈一把了。」她說話時，隨手翻過自己的一張，是個小點子，搖搖頭道：「我不要了，看一牌熱鬧吧。」這以前還不是勝負的關頭，其餘的七家都出錢進了牌。

這時，該魏太太說話，她看看桌上明張沒有A，除了對子，決計是自己的牌大。她裝著毫不考慮的樣子，把面前的鈔票，全數向桌子中心一推，大聲道：「……唆了！」她這個作風，包括了那暗張在內，不是一對K，就是一對A。還有六家，有五家丟了牌。只有那位范寶華，錢多人膽大。他明張九十兩張，暗張也是個九。他想著，就算魏太太是一對，自己再換進一個九來，不怕不贏她。她今天碰釘子多了，有大牌也許小心些，現在唆了，也許她是投機。便問道：「那是多少？」魏太太道：「不多，一萬六千元。」

范寶華道：「我出一萬六千元，買兩張牌看看。」散牌的那位太太對二人看上了一眼，料著魏太太就要輸，因為姓范的這傢伙打牌還相當地穩，沒有對子，他是不會出錢的，好在就是兩張牌兩家，先分一張給范寶華是個三，分給魏太太是個K。范寶華說聲完了。再分給范寶華一張是個九，他沒有動聲色，只把五張比齊著，最後分給魏太太，又是個A。她有了兩對極大的對子，向范寶華微笑道：「來幾千元『奧賽』嗎？」范寶華笑道：「魏太太，你未必有『富而好施』。僅僅是兩大對的話，你又碰釘子。」魏太太道：「你會是三個九？」范寶華並不想多贏她的錢，把那張暗牌翻過來，可不就是個九？

魏太太將四張明牌和那張暗牌，向桌子中間一扔，紅著面孔，搖了搖頭道：「這樣的牌，有多少錢都輸得了。」對散牌的人道：「胡太太，你看我這牌打錯了嗎？」胡太太笑道：「滿桌沒有愛斯，你有個老開和愛斯，可以唆。」她道：「那張暗牌，還是皮蛋呢。」說著，站了起來。她心裡明白，不到兩小時，輸了五萬元，明天自己的零用錢都沒有了，就此算了吧，哪裡找錢來賭？

范寶華見她面孔紅得泛白，笑道：「魏太太收兵了。」她一搖頭道：「不，我回家去拿支票本子來。」主人陶伯笙聽了這話，心裡可有點為難，魏太太在三家銀行開了戶頭，有三本支票，可是哪家銀行也沒有存款。在賭場上亂開空頭支票，收不回去的話，下了場，人家賭錢的人，都把支票向邀賭的人兌了現款去，那可是個大麻煩。因道：「你別忙，先坐下來看兩牌。」

范寶華連和她共三次賭，都是她輸了，心裡倒有些不過意。因把剛收去她唆哈的那疊票子，向桌子中間一推，笑道：「原封未動，你先拿去賭，我們下場再算，好不好？」魏太太還不曾坐下，因道：「若是你肯借的話，就索性找我四千，湊個整數好算帳。」范寶華說了句那也好，他就拿了四張千元鈔票，放到她面前，她也就坐下來再賭了。她心裡想著：只有這兩萬元翻本，必須穩紮穩打，不能胡來了。

又是三十分鐘，算把得穩，還輸去了八九千元。這桌上的大贏家，是位穿西裝的羅先生。他尖削的臉，眼睛下面兩顆轉動的眼珠，表示著他的陰險。只是小半夜，他已贏了一二十萬，面前堆了一大堆鈔票，其中還有幾張美鈔，是楊先生輸出來的。這楊先生只二十來歲，是個少爺。西裝穿得筆挺，只是臉子白得像石灰糊的，沒有絲毫血色。他不住地在懷裡掏出大皮夾子，在裡面陸續地抽出美鈔來。這個時候的美鈔是每元折合法市千元上下，這每拿出來三四張五元或十元的，這數目是很惹人注意的。魏太太還不知道他叫什麼名字，只聽到賭友全叫他小楊而已。

心裡也就想著，這傢伙是幾輩子修到的？有錢而又年輕。只看他輸了多少錢，臉上也不有一點變動，不知他家是有多少家產的。那小楊坐在她斜對面，見她只管打量著，不知道自己有什麼毛病，倒很感到受窘，只是把頭低了。其實魏太太倒不是看他的臉，而是看他面前放的那疊美鈔。想著怎麼找個機會，把他的美鈔也贏兩張過來才好。

機會終於是來了，輪到那大贏家羅先生散牌，在第三張的時候，她有了三個四，明張是一對。對過的小楊有一張A，一張Q擺在外面。自然是有對子的人說話了，她照著撲克經上釣魚的說法，只出了五百元進牌。此外七個人卻有五個人跟進了。小楊牌面上，成了一對A，姓羅的牌面上一對K帶一個J，魏太太換來一個K，這該那有對A的姓楊的說話。照說，姓楊的應當拿出大注子來打擊人，但是，他還只加了五百元。魏太太心想：糟了，他必然是有張A蓋著的。出小注子，恐怕也是釣魚。這樣倒楣，自己三個四，卻又碰了他三個A。但有三個四在手，絕不能不碰一下，幸是他只出五百元，樂得跟進。

桌子上的人，除了那姓羅的都把牌丟了。他發最後的一張牌，小楊是個七，她又得了一張K。明張是K四兩對，姓羅的本來有對K證明了她不會有K三個。她以兩對牌的資格，將鈔票向桌子中心一推，說聲唆了。姓羅的毫不考慮，把牌扔了。小楊把那張暗牌翻過來，正是一個A。他一手環靠了桌沿，一手拿了他面前的美鈔在盤弄著微笑道：「別忙，讓我考慮考慮。」老K她只有兩張，那沒問題。難道她會有三個四？原來我三個A，是公開的祕密，她只兩對，肯投我的機嗎？

魏太太見他三個A擺出來，心想：有這樣大的牌，他不會不看。於是也裝著拿小牌的人故作鎮靜的樣子，將桌外茶几上的紙菸取過來一支，摸過來火柴盒，把火擦著了，緩緩地點著菸，兩手指夾了支菸，將嘴唇抿著噴出一口煙來。煙是一支箭似的，射到了桌子中心。那小楊考慮的結果，將拿起的美鈔重新放下，把五張牌，完全覆過去，扔到桌子中心，搖搖頭道：「我不看了。」胡太太是和魏太太站在一條線上的。她雖不知道那暗張是什麼，但小楊有三個A而不看牌，這是個奇蹟，望了他道：「這樣好的牌也犧牲嗎？」他笑著沒有作聲。

魏太太好容易得了一把「富而好施」，以為可以撈對門一張美金。不想這傢伙，竟會拿了三個A不看牌。這個悶葫蘆比碰了釘子還要喪氣。自己也不肯發表那暗張，將牌都扔了，只是小小地收進了幾千元。沉住了氣沒有作聲。只是吸菸。胡太太低聲問道：「你暗張是個四？」魏太太淡淡地答道：「你猜吧。」

在這種情形下，作主人的陶伯笙，知道她是拿了大牌，而沒有贏錢。看這樣子，今晚上她非輸十萬八萬不可！本來他兩口子今日吵了一天的架，就不應當容她加入賭場。這樣隔壁的鄰居，她大輸之下，她丈夫沒有不知道之理。明天見了面，魏端本重則質問一番，輕則俏皮兩句，都非人所能堪。便向魏太太笑道：「今晚上你的牌風不利，這樣該沉著應戰，或者你先休息休息，等一個轉變的機會，你看好不好？」魏太太道：「休息什麼？輸了錢的人都休息，贏錢的人正好下場了。我輸光了，也不向你借錢。」

她這幾句話，顯然是給陶伯笙很大一個釘子碰。好在姓陶的平常脾氣就好，到了賭博場上脾氣更好。雖然她是紅著面孔說的，陶伯笙還是笑嘻嘻地聽著。可是她的牌風實在不利，輸的是大注子，贏的是小注子，借來范寶華的那兩萬元，都已輸光。所幸鄰座胡太太也是小贏家，還可以通融款子下注。只是她絕不肯掏出老本來給人財，只是三千二千地借。零碎湊著，也就將近萬元了。自己是向陶伯笙誇過口的，不向他借錢。范寶華又已借過兩萬的了。我倒不信，今天的牌風是這樣的壞，於是立刻開了房門向外走。

陶伯笙藉著出來關門，送她到店堂裡低聲道：「魏太太我看你今晚上不要再來了吧？你不看見他們開支票，是彼此換了現款再賭的，支票並不下注。這就因為桌子上一半是生人。你開支票，除是我和老范可以掉款子給你，可是我今晚上也輸了。開出支票來，你以為老范肯兌現款給你嗎？」她聽了這話，當然是兜頭一瓢冷水。因道：「你也太仔細了，你瞧不起我，難道我家裡就拿不出現款？」說著話是很生氣，卜冬卜冬，開著雜貨店的店門亂響，她就走出來了。陶伯笙家裡有人聚賭，當然不敢多耽誤，立刻把店門關起來了。

魏太太站在屋簷下，整條街，已是空洞無人。人睡了，不用電了，電線杆上的燈泡，偏是雪亮地懸在街頂上。馬路原來是不平的，而且是微彎著的。在這長街無人的情形下，似乎馬路的地面，平了許多。同時，街道也覺得已經拉直。遠遠地看去，只有丁字路口，站著個穿黑衣服的警察，此外就是自己了。她想著這大概是很深夜了，自己賭得頭昏眼花，也沒有看看錶，她凝了一凝神。這天晚上，有些例外，山城上並沒有霧，望望街頂上，還稀疏的有幾點殘星。四川是很少風的，這晚上也是這樣。可是魏太太賭唆哈的時候，八九個人，擁擠在一間小屋子裡，紙菸的殘煙充塞在屋子裡，氧氣又被大家呼吸得乾淨，除了烏煙瘴氣，就是尼古丁毒的辣味熏人，而且也因為空氣的渾濁，頭是沉甸甸的。屋子裡人為的溫度，只覺身上發燥。這時到了空洞的長街上，新鮮的空氣撲在臉上，彷彿是徐來的微風輕輕地拂著臉，立刻腦筋清醒過來，而呼吸也靈通得多了。

她凝思之後，忽然想到，真回去拿錢來賭嗎？自己是分文沒有，不知丈夫身上或皮包裡有錢沒有？他當然是睡了，叫醒了他和他要錢，慢說是白天吵過架的，就是沒有吵過架，這話也不好開口，只有偷他的了。可是偷得錢來，也未必能翻本，輸了算了，回家睡覺去吧。她想著翻本的希望很少，緩緩地走到冷酒店門口去敲門，但敲了七八下，並沒有迴響。

她站在門下，低頭想著，這是何苦？除了把預備給孩子添衣服的錢都輸了，還借了范寶華兩萬元的債。和這姓范的，除了在賭場上會過三四次，並沒有交情可言，這筆債不還恐怕還是不行。還得賭，賭了才有法子翻本。反正是不得了，把支票簿拿來，開一張支票，先向姓范的兌三萬元，再開張支票還他二萬元。贏了，把支票收回來，輸了有什麼關係？難道還能要我的命嗎？

終於是想到了主意了，她用力冬的敲上幾下門板。門裡的人沒有驚動，卻把街頭的警察驚動了，遠遠的大聲問句哪一個？魏太太道：「我是回家的，這是我的家。」警察走向前，將手電筒對她照了一照，見她是個豔裝少婦，便問道：「這樣夜深，哪裡來？」他這一照一問，她感覺得他有些無禮。可是陶家在聚賭，不能讓警察盤問出消息來的。因道：「我由親戚家有事回來，這也違犯警章嗎？」警察道：「我在崗位上，看到你在這裡站了好久了。現在兩點鐘了，你曉不曉得？一個年輕太太，三更半夜，在這裡站住，我不該問嗎？地方上發生了問題，是我們警察的事。」魏太太道：「我也不是住在這裡一天的。不信，你敲開門來問。」

那警察真個敲門，並喊著道：「警察叫門，快打開。」他敲得特別響，將裡面有心事容易醒的魏端本驚動了。他連連地答應著，心裡也就猜是太太回家了。彷彿聽到說是警察叫門，莫非她賭錢讓抓著了。那也好，警戒她一次。他打開門來，果然是太太和警察。他還沒有發言呢，她先道：「鬼門，死敲不開，弄得警察來盤問。」一搶步，橫著身子進了門。

警察道：「這是你太太嗎？這樣夜深回家？」魏端本道：「朋友家裡有病人，她回來晚了。」警察道：「她說是去親戚家，你又說是上朋友家，不對頭。」魏端本披了中山服的，袋裡現成的名片，遞一張過去，笑道：「不會錯的。這是我的名片，有問題我負責。」那警察亮著手電，將名片照著，見他也是個六七等公務員，說句以後回來早點，方才走去。這問題算告一段落。

第五回　輸家心理上的逆襲

魏端本站在大門口，足足發呆了五分鐘，方才掩著門走回家去。奇怪，太太並沒有走回臥室，是在隔壁那間屋子，手託了頭，斜靠了方桌子坐著，看那樣子，是在想心事。他心裡想著：好，又必定是輸個大窟窿。我也不管你，看你有什麼法子把話對我說。你若不說，更好，我也就不必去找錢給你了。他懷了這一個心事，悄悄地回臥室睡覺去了。

魏太太坐在那空屋子裡，明知丈夫看了一眼而走開，自己輸錢的事，當然也瞞不了他。一來他是向來不敢過問的，二來夜深了，他是肯顧面子的人，未必能放聲爭吵。因之也就坦然地在桌子邊坐下去。

在她轉著念頭的時候，彷彿隔壁陶家打撲克的聲音，還能或斷或續地傳遞了過來。又有了這樣久的時間，不知道是誰勝誰負了。若是自己多有兩三萬的資本，戰到這個時候，也許是轉敗為勝了。可惜的是拿著那把「富而好施」的時候，小楊拿著三個愛斯，他竟丟了牌不看。

想到這裡，心裡像有一團火。只管繼續地燃燒，而且這股怒火，不光是在心裡郁藏著，把臉腮上兩個顴骨，也燒得通紅。看看桌上，粗磁杯子裡還有大半杯剩茶，她端起來就是一口咕嘟下去，彷彿有一股冰涼的冷氣直下丹田。這樣，好像心裡舒服一點，用手撲撲自己的臉腮，卻也彷彿有些清涼似的。

於是站在屋子裡徘徊一陣，打算開了吊樓後壁的窗戶，看看隔壁的戰局，已到什麼程度，就在這時，看到魏端本的大皮包，放在旁邊椅子上。她心中一動，立刻將皮包提了過來，放在桌上打開，仔細地尋查一遍，結果是除了幾百元零碎發票子而外，全是些公文信件的稿子。她將皮包扣住，依然向旁邊椅子上丟下去，自言自語道地：「假使這裡面有錢他也就不這樣的亂丟了。可是，他的皮包，向來不這樣亂丟，分明有意把皮包放在這裡騙我一下。也可以想，皮包並不是空的，他把錢都拿了起來，藏在身上。」想到這裡，她就情不自禁地，鼻子裡哼上了一聲。於是熄了電燈，輕移著腳步緩緩地走回臥室。

當她走回臥室的時候，見魏端本擁被睡在枕頭上，鼾聲大作。他身上穿的那套制服掛在床裡牆釘上。她輕輕地爬上床，將衣服取下，背對了床，對著電燈，把制服大小四個口袋完全翻遍，只翻到五張百元鈔票。她把這制服掛在椅子上，再去找他的制服褲子，褲子搭在床架子頭上，似乎不像有錢藏著的樣子，但也不肯放棄搜尋的機會，提將過來，在插袋裡後腰袋裡，前方裝鑰匙小袋裡，全找遍了，更慘，只找出些零零碎碎的字條。說了句窮鬼，把字條丟在桌上。

其中有張名片，反面用鉛筆寫了幾個大字，認得是魏端本自己的筆跡，上寫，明日下午十二時半，過南岸，必辦。在「必辦」旁邊打著兩個很大的雙圈。她想：這絕不是上司下的條子，也不像交下來的公事，他過江去幹什麼？也不知道這明日是過去了的日子，還是未來的日子。自己是常到南岸去賭錢的，這話並沒有告訴過他，莫非他知道了，要到南岸去尋找？可是我真在賭場上遇到了他的話，一抓破了面子，我只有和他決裂。他既然去尋找，一定是居心不善的。

她想著想著，坐在屜櫃旁的椅子上。這就看到那櫃桌面上，有許多名片，在下面寫了鉛筆字。那字全是隱語，什麼意思，猜想不出來，看看床上的人，睡得正酣。心想，他這是搗什麼鬼？莫非是對付我的。

心裡猜疑著，眼就望著床上睡的人。見他側著的臉，顴骨高頂起，顯著臉腮是削下去了。他右手臂露在外面，骨頭和青筋露出，顯著很瘦。記得在貴陽和他同居的時候，他身體是強壯的，那還是在逃難期中呢。這幾年的公務員生活，把他逼瘦了。以收入而言，在公務員中，還是上等的，假使好好過日子，也許不會這樣前拉後扯。譬如這個禮拜裡面，連欠帳帶現錢輸了將近十四五。這十四五萬拿來過日子不是可以維持半個月甚至二十天嗎？尤其是今晚這場賭，牌癮沒有過足，就輸光了下場。真是委屈得很。那陶伯笙太可惡，就怕我開空頭支票，先把話封住了我，讓我毫無翻本的希望。今晚上本沒有預備賭錢，只想去看電影的。不是這小子在街上遇著，悄悄地告訴，今晚上家裡有局面，那麼手皮包裡兩萬元依然存在，明天可以和孩子買點布作衣服。這好了，自己分文不存，魏端本身上，不到一千元了，每天的日用生活費，這就是大大的問題。魏端本一早起，就要上機關去辦公的，還必得在他未走以前，和他把交涉辦好。自然，開口向他要錢，必得說出個理由來，這理由怎麼說呢？這半個月，他已經交了家用二十多萬了。照紙面上的薪水津貼說，已超過他三個月的收入。她想到這裡，又看了看睡在枕上的瘦臉。心裡轉了個念頭，覺得這份家，也真夠他累的。

她心裡有點怨道發生了，卻聽大門外馬路上有了嘈雜的人聲。遠遠有人喊著向右看齊，向前看。報名數。一二三四五，極短促而粗暴的聲音，連串地喊出。這是重慶市訓練的國民兵，各條街巷，在天剛亮而又沒有亮的時候，他們在山城找不著一塊平坦的地方，就在馬路上上操。有了這種叫操聲，自然是天快亮了。自己本是沒有錢，無法去翻本，就算有錢，現在已不能去翻本了。

這個時候，臉上已經不發燒了，心裡頭雖還覺得有些亂糟糟的，可是也不像賭輸初回來的時候，那樣難過了。倒是天色將亮，寒氣加重，只覺一絲絲的冷氣，不住由脊梁上向外抽，兩隻腳，也是像站在冷雪上似的，涼入骨髓。站起來打了兩個冷顫，又打了兩個呵欠，趕快脫了長衣，連絲襪子也來不及拉下，就在魏先生腳頭倒下去，扯著被子，把身子蓋了。

她落枕的時候，心裡還在想著，明日的家用，分文俱無，必得在魏端本去辦公以前，把交涉辦好。同時追悔著今晚上這場賭，賭得實在無聊，睡了好大一會還睡不著。朦朧中幾次記起和丈夫要錢的事，曾想搶個先，在他未走之前，要把這問題解決。可是無論如何，自己掙扎不起來。等著可以睜開眼睛了，聽到街上的人聲很是嘈雜。

重慶的春季，依然還是霧天，看看吊樓後壁的窗子外，依然是陰沉沉的，她估計不到時間，就連叫了兩聲楊嫂。她手上拿了張晚報進來，笑道：「太太，看晚報，又是好消息。賣晚報的娃兒亂吼，啥子德國打敗仗。」她將兩隻手臂，由被頭裡伸了出來，又打了兩個呵欠。笑道：「什麼，這一覺，睡了這樣久？先生沒有給你錢買菜嗎？」楊嫂道：「給了兩千元，還留了一封信交把你，他不回來吃午飯，信在枕頭底下。」魏太太道：「他還彆扭著，好吧，我看他把我怎麼樣？」說著在枕頭下一摸，果然是厚厚的一封信。看時，信封上寫著芝啟。敞著口，沒有封。她將兩個指頭把信瓤子向外扯出來，先透出了一疊鈔票，另外有張紙，只寫了幾行字：

芝：好好地休息吧。留下萬元，作你零用。我今日有趟公差，過南岸到黃桷椏去，我把轎子錢和旅館錢省下，想今晚上趕回來。萬一趕不回來，我會住在朋友家裡的，不必掛念。

本留

她看完了信，將鈔票數一下，可不是一萬元。黃桷椏是疏建區的大鎮市，常去的。過江就上坡總在幾千級。本地人叫做上十里下五里，十里路中間，沒有二十丈的平地，上去上坡子到山頂為止，才是平路。若不坐轎子，那真要走掉半條命。他這樣子省有什麼用？還不夠太太看一張牌的錢。但不管怎麼樣，他那樣苦省，自己這樣浪費，那總是對不住丈夫的事。想到這裡，又把魏先生留下的信，從頭至尾地看上一遍，這裡面絲毫沒有怨恨的字樣，怕今天趕不回來，還叮囑著不要掛念。

她把信看著出了一會神，也就下床漱洗。楊嫂進房來問道：「太太要吃啥子飯食？先端碗麵來，要不要得？」魏太太道：「中午你們怎麼吃的？」楊嫂道：「先生沒有回家，我帶著兩個娃兒，浪個煮飯？我帶他們上的三六九。」魏太太笑道：「那好，又是一天廚房不生火，那也不大象話吧？孩子交給我。你去作晚飯。」楊嫂笑道：「要是要得，你要耐心煩咯。」魏太太道：「我只要不出去，在家裡看著孩子，有什麼不耐煩？」楊嫂低著頭笑了出去，低聲說了句：「浪個別脫（猶言那樣乾脆）。」

魏太太聽了，心下不大謂然，心想：難道我會生孩子，就不會帶孩子。只是這個女傭工，卻是自己放縱慣了的，家交給她，孩子也交給她。另換個人，就不能這樣放心，只得把這句話全盤忍受了，只當是沒有聽到。

果然，楊嫂抱著牽著，把兩個孩子送進來了。大孩子五歲多，是個女孩，小頭髮蓬著像個雞窠。上身穿了白花洋紗質，帶裙子的童裝，在這上面，罩了件冬天用的，駱駝絨大衣。大衣不但是鈕扣全沒有了，而且肋下還破了個大口，向下面拖著絨片筋。胸面前瀅了大塊，是油漬糖漬鼻涕口水黏成的膏藥狀。下面光了腿子，穿了雙破皮鞋，而且鞋上的絆帶也沒有了。兩條光腿，那全不用說，都沾遍了泥點。小的這個孩子，是個男孩，約莫是兩歲，他倒完全過的冬天。身上的一套西北藍毛絨編的掛褲，已記不清是哪日起所穿，胸襟前袖口上，全是結成膏片的髒跡。袖口上脫了毛線，向下掛著穗子。那張小圓臉兒，更不成話，左腮一道黑跡，連著鼻子嘴橫抹過來，塗上了右腮。鼻子下面，還是拖兩條黃鼻涕，拖到嘴唇。腿上是和姐姐相同，光著下半截。一隻腳穿了鞋襪，一隻赤腳。

魏太太皺了眉頭道：「我的天！怎麼把孩子弄得這樣髒。」楊嫂並沒有回答她這個問題，將男孩子交給主婦，扭身就出去了。她好像認為小孩子這樣髒，乃是理所當然。魏太太嘆了口氣把男孩子放在床上，自己舀了盆熱水來，給兩個小孩子洗過手臉，頃刻之間，找不到日用的腳盆，和兩孩子洗了腳，這又找不到腳布。看看床欄上，還有就也遇事從簡了，將臉盆放到地板上，換下來兩日未曾洗的一件藍布罩衫，取過來給孩子擦了腿腳，將箱子五屜櫃，全翻了一陣，找出十幾件小孩兒衣服，挑著適當的，給他們換上了。因對了孩子望著道：「這不也是很好的孩子，交給楊嫂，就弄成那個樣子。」有人笑答道：「可不是很好的孩子嗎？孩子總是自己帶的好。」

看時，是隔壁陶伯笙太太呢。她總是那樣乾淨樸素的樣子，身上穿了半舊的陰丹士林罩衫，她會熨燙得沒有一絲皺紋。頭上的長髮，在腦後挽了個辮環。臉上略微有點粉暈，似乎僅是抹了一層雪花膏。立刻起身相迎，笑道：「你這位管家太太，也有工夫出來坐坐？」陶太太笑道：「談什麼家，無非是兩間屋子。」

魏太太屋子裡，本來也就秩序大亂，現時和孩子一換衣服，又把面前兩把椅子占滿了。她只得將衣服抱著一堆，立刻送到桌底下去，口裡連道請坐請坐。陶太太坐下來笑道：「打算帶孩子出去玩嗎？」

魏太太道：「哪裡也不去。我看孩子髒得不成樣子，給他收拾收拾。」魏太太道：「是的，住在這大街上，家裡一寸空地也沒有，孩子沒個透空氣的地方，健康上大有關係，若是再不給他弄乾淨一點，更不好了。」

魏太太一面拿鞋襪給孩子穿，一面談話。因道：「我是太笨了，橫針不會直豎，孩子的鞋幫子，我也不能做。什麼都買個現成的，就是現成的吧，也賭瘋了，不給孩子裝扮起來。這門娛樂太壞，往後我要改變方針了。」陶太太微笑道：「若是摸個八圈，倒也無所謂，打唆哈可來得凶，我一徑不敢伸手。」

魏太太心想：她不走人家的，今日特意來此，必有所謂，且先裝不知，看她要些什麼。因道：「我家成日不舉火，舉火就是燒飯，熱水也沒有一杯。你又不吸香菸，我簡直沒法子招待你。」陶太太道：「不要客氣，我有兩句話和你商量商量。你不是和胡太太很要好嗎？我知道她手邊很方便。我有一隻鐲子。想在她手上押借幾萬塊錢。這件事我不願老陶知道。他是個好面子的人，他知道押首飾，又要說我丟了他面子了。我想請你悄悄地去和胡太太商量一下。她若認為可以，我再去找她。」

魏太太笑道：「你手上也不至於這樣緊呀！」陶太太嘆了口氣道：「你哪裡知道我們家的事？你不要看老陶三朋四友，成天在外面混，他是完全繃著一個面子。作了人家公司一個交際員，只有兩萬元夫馬費，吸香菸都不夠。我們也就是圖這個名，寫戶口冊子好看些，免得成了無業游民。兩個孩子都在國立中學，學膳費是不要的，可是孩子來信餐餐搶糙米飯吃，吃慢了，飯就沒有了，得餓著。大孩子的學校離重慶遠，在永川，每餐飯還有兩碗沒油的蔬菜，八個人吃。第二個孩子在江津，常是一餐飯吃一條臭蘿蔔乾。而且每餐只有兩碗飯，只夠半飽。兩人都來信，餓得實在難受，希望寄一點錢去，讓他們買點燒餅吃。大孩子還不斷地有點小毛病，不是咳嗽，就是鬧溼氣，要點醫藥費。我怕孩子太苦了，打算每人給他兩三萬塊錢。你別看老陶上了牌桌子不在乎，那都是臨時亂拉的虧空。真要他立刻掏出一筆現款，他還要去想法子。他也未必給孩子那樣多錢，東西我也不戴出來，白放在箱子裡，換了捨不得，出幾個利錢押了它吧。」

魏太太沒想她托的是這件事。笑道：「進中學的孩子了，你還是這樣地疼。」陶太太皺了眉道：「前天和昨天連接到兩個孩子的來信訴苦，我飯都吃不下去。我們那一位，倒是不在乎，照樣的打牌。魏先生就不像他，我看見他回家就抱孩子。」

魏太太道：「他呀！對於孩子也就是那麼回事，見了抱抱，不見也就忘記了。說起打牌，我倒要追問一句，昨晚上的局面，陶先生又不怎樣好吧？」陶太太搖著頭苦笑了一下，接著又點了兩點頭道：「不過昨晚上這場賭是他敷衍范寶華的，可以說是應酬，連頭帶賭，還輸了三萬多。聽說那個姓范的要作一筆黃金生意，叫老陶去和他跑腿。老陶就聽場風是場雨，高興得了不得，昨晚上有兩個穿西服在一處打牌的就是幫忙可以買金子的人。老陶為他們拉攏，在館子裡大吃一頓，又到我們家來賭錢。聽說原來是要到一個女戲子家裡去賭的，他們一面賭錢，一面還要開心。因為那個女戲子不在家，就臨時改到我家來了。我們作了買金子的夢，一點好處沒有得到，先賠了三萬元本，人熬了一夜，累得七死八活。我的那位還是很起勁，覺也沒有睡，一大早就到老范那裡去了。」

魏太太道：「那倒好，我和胡太太抵了那個女戲子的缺了。」陶太太不由得臉上飛紅，立刻兩手同搖著道：「你可不要誤會。你和胡太太，都是臨時遇到的。」

魏太太雖然聽到她這樣解釋了，心裡總有點不大坦然，這話只管老說下去，卻也沒有味。便笑道：「好賭的人，有場合就來，倒不管那些，我是個女男人，誰要對我開玩笑，誰預備倒楣，我是拳頭打得出血來的人。」陶太太不好說什麼，只是微微地笑著。

那楊嫂正走了進來。問道：「飯作好了，就吃嗎？沒得啥子好菜咯。」陶太太笑道：「你去吃飯，我晚上等你的回信。」說著，大家一齊走到隔壁屋子裡來。看那桌上的菜，是一碗豆腐，一碗煮蘿蔔絲。魏太太皺了眉道：「又買不到肉嗎？炒兩個雞蛋吧。」陶太太道：「我為老陶預備了很多的菜他又不回來吃，我去給你送一點來。」說著立刻走了。

魏太太坐在桌子邊，捧著一碗平價米的黃色飯，將筷子尖伸到蘿蔔絲裡撥弄了幾下，然後夾了一塊煎豆腐，送到鼻子尖上聞了一聞，將豆腐依然送回菜碗裡，鼻子哼著道：「唔！菜油煎的，簡直不能吃。」楊嫂盛著小半碗飯來餵孩子。便笑道：「你是比先生考究得多咯，你不在家，先生買塊鹹榨菜，開水泡飯吃兩三碗。你在家，他才有點菜吃。」

魏太太還沒有回答這句話，陶家女傭人端了一碗一碟來，碗盛的是番茄紅燒牛肉，碟子盛的是叉燒炒芹菜。她放到桌上，笑道：「我太太說，請魏太太不要客氣，留下吃，家裡頭還多咯。」魏太太看那紅燒牛肉燒得顏色醬紅，先有一陣香氣送到鼻子裡。便道：「你們家裡的伙食倒不壞。」劉嫂道：「也就是先生一個子吃得好。太太說先生日夜在外面跑，瘦得那樣，要養一家子，讓他吃點好飯食。他自己掙的錢，自己吃，天公道地，騎馬的人還要和馬上點好料呢。太太自己，硬是捨不得吃，餐餐還不是青菜蘿蔔？」

魏太太說著話時，夾了塊牛肉到嘴裡嘗嘗，不但燒得稀爛的，而且鮮美異常。因道：「你太太對你們主人，真是沒有話說。你們先生對於太太，可是馬馬虎虎的。」劉嫂道：「馬虎啥子？伺候得不好，他還要發脾氣，我到他們家年是年（謂一年多也），沒看到太太耍過一天。」

魏太太道：「你們太太脾氣太好了，先生成天在外交遊，你太太連電影都不看一場。」劉嫂道：「還看電影？有一天，太太上街買東西轉來晚一點，鎖了房門，先生回來，進不得門，好撅（罵也）一頓。我要是她，我都不受。」

魏太太笑道：「你還想作太太啦？」劉嫂紅著臉道：「這位太太說話……」她一笑走了。魏太太倒也不必客氣，把兩碗菜都下了飯，但到這時，許多在個性相反的事情，繼續向她逆襲著，她心理上的反映，頗覺得自己有過分之處。

吃過了飯，呆呆地坐著。看著兩個孩子在屋子裡轉著玩。有人在外面叫了聲魏太太。她問是誰，那人進來了，是機關裡的勤務，手上拿著一個小篾簍子。魏太太道：「你找魏先生嗎？他過南岸去了。」勤務笑道：「是我和魏先生一路去的。他今晚不能回家，讓我先回重慶。這是帶來的東西。」說著將小篾簍放到桌上。魏太太道：「他說了什麼話嗎？」勤務在身上取出一封信，雙手交上。

魏太太拆了信看，是日記簿上撕下來的紙片，用自來水筆寫的。信這樣說：芝：公事相當順手，今晚被主人留住黃桷椏，作長談，明日可回家午飯，請勿念。友人送廣柑十枚，又在此處買了鹹菜一包，由勤務一併先送回，為妹晚飯之用。晚飯後，若寂寞，帶孩子們去看電影吧。晚安！

本上她把這信看完，心裡動盪了一下，覺得有一股熱氣上沖，直入眼眶，她要流淚了。

第六回　一切是撩撥

女人的眼淚是最容易流出來的，很少例外。不過魏太太田佩芝個性很強，當她眼淚快流出來的時候，她想到面前還有個勤務，她立刻用一種極不自然的笑容，把那要哭的意味擋住。因向勤務道：「魏先生也是小孩子脾氣，怕重慶買不到廣柑，還要由南岸老遠地帶了回來。你也該回去休息了，我沒有什麼事，你走吧。」那勤務看到她的顏色極不自然，也不便說什麼，敬著禮走了。

魏太太在沒有人的時候，把魏先生那張信紙拿著，又看了一看。楊嫂由外面走進來笑問道：「太太，朗個的？說是你不大舒服？」她笑道：「剛才還吃了兩碗飯，有什麼病？」楊嫂道：「是剛才那個勤務對我說的。」魏太太忽然省悟過來，笑道：「我有什麼病？不過我在想心思罷了。」

楊嫂看她斜靠了桌子坐著，手託了半邊臉，眼光呆定了，望著那兩個在床邊上玩的孩子。楊嫂走近兩步，站在她面前，低聲道：「我說，太太，二天你不要打牌了，女人家鬥不過男人家喀。你要是不打牌的話，我們佃別個兩間好房子住的錢都有了，住了有院壩的房子，娃兒有個耍的地方，大人也透透空氣。有錢吃一點，穿一點，比坐在牌桌上安逸（舒服也）得多。輸了就輸了，想有啥子用，二天不打牌就是。」

魏太太撲哧一聲笑了，站起來道：「我受了十幾年的教育，倒要你把這些話來勸我。陶太太托我和胡太太商量一件事，還等了我的回信呢。你看著兩個孩子，我半點鐘就回來。」楊嫂笑道：「怕不過十二點？」魏太太道：「難道我就沒有作回正經事的時候？打水來我洗臉吧。」楊嫂看她這樣子，倒也像是有了正經事，立刻幫助著她把妝化好。她還是穿了那件掛在床裡壁的花綢衣服，夾了只盛幾千元鈔票的皮包，匆匆出門而去。這也是普通女人的習慣，在出門之前，除了化妝要浪費許多時間而外，還有許多不必要的瑣事，全會在這時間發生，以致真要出門，時間是非常迫促，就落個匆匆之勢。

這裡到胡太太的家裡，路並不算遠，魏太太並沒有坐車子，步行地走去。下百十步坡子，走到一條伸入嘉陵江的半島上。這裡是繁華市區，一個特殊的境界，新式的歐洲建築，三三兩兩間隔著樹立在山岡上下，其間有花木，也有草地。房子有平房，也有樓，每扇玻璃窗透出通明的電燈光線，這光線照著，讓你可以看到穿著上等西服的男子，或滿臉脂粉的燙髮女郎，在這一丈長三尺寬的石板坡子上來去，因為這個地方對於戰都的摩登仕女是太合理想的。到熱鬧街市很近，一也；房屋絕不擁擠，有辦法美化，二也；半島是很好的石質，隨處有極堅固的防空洞，三也。唯一的缺憾只是地不平，無論上街的坡子怎樣寬大，車輛不能到門口，找不到轎子的時候，就得步行。但這點缺憾倒是百分之九十幾的重慶人所能忍受的。因之這半島上擁了個真善美新村的雅號，住著一二百家有錢階級與有閒階級。

魏太太不但是羨慕這裡，而且也羨慕這裡居民的生活。她每次到這裡來，就發生一種感慨，論知識，論姿色，而且論年歲，都比這裡的多數婦女強幾倍。然而自己就住在冷酒鋪後面的吊樓上。因此，不願到這地方來。今天來了，她倒另有一番感想，假使自己把輸了的錢都來作生活用途，自也有這個境況。

她正這樣想著，身後一陣嬉笑之聲。回頭看時，三四支電筒，閃著白光，簇擁一群男女走下來。聽那些人口音，有說北方話的，有說下江話的。有人道：「今晚上我不能跳得太夜深，明天上午九點鐘，我有要緊的事。」有個女子問道：「什麼要緊的事，是買金子嗎？」那人笑道：「買金子，九點鐘才去，那才是外行呢。今天晚上就要到銀行門口去排班。」那女子道：「你廖先生買金子，還用得著排班嗎？我知道范寶華就在和你合作。」這句范寶華讓魏太太特別注意，原來這位小姐，也是老范的熟人。這就緩緩地開步，讓過他們，隨在後面走。那男子道：「袁小姐幾時看到老范的？」她道：「不用得遇著他，我也知道他的行動。不過他買他的金子，他發他的財，我袁三小姐並不眼熱，我也不會再敲他的竹槓。」那男子哈哈一笑。

魏太太這就明白了，這個女子就是和老范拆了夥的袁三。聽說她長得很漂亮，可惜看不到她的面貌。她一路想著，一路跟他們走，這倒巧了，他們所到的地點，就是胡太太家緊隔壁的一所樓房。借了他們手電光，直到胡家門口。

胡家的房子，是五六間洋式平房周圍繞著細竹籬笆，屋簷下亮著雪白的電燈，照見籬笆裡兩棵紅白碧桃花，開得像兩叢彩堆。花下一片青草地毯，綠油油的。這和自己家裡打開吊樓窗戶就看到人家高高低低灰黑色的屋脊，真不可同日而語。她在籬笆門下叫了聲胡太太。檐下的洋式門推開了，看到門裡面又是燈火通明的，有人伸頭問了一問。魏太太道：「我姓魏，來見胡太太，有幾句話商量。」這報告完畢，胡太太早是由門裡搶了出來，迎上前挽著她的手臂笑道：「這是哪陣風吹來的。請到裡面坐。」她牽著魏太太由側面的小門裡進去。

魏太太由正屋窗子外經過向裡看著的時候，見那裡是座小客廳，燈光下坐滿了的人。主人將客引到自己臥室裡讓座，首先就問：「吃了晚飯沒有？」魏太太道：「我已經吃過飯了，你家有什麼喜慶事情？」胡太太道：「什麼喜慶也沒有，我們是隨人家熱鬧。隔壁劉家今夜跳舞，到他家去跳舞的人我們有一大半是相熟的，在沒有跳舞之前就到我家來談天。我怕你是來邀我去湊局面，所以我請你到房裡來談話。」

魏太太因把陶太太所托的事細細地說了。胡太太絲毫不加考慮，因道：「叫她拿來就是了。現在銀樓掛牌的金價是四萬到五萬。我照三萬一兩押她的。小事，我也不要什麼利錢。可是日子久不得。金子跌了價，也許不值三萬，那我就倒出利息了。」

魏太太笑道：「我雖不買金子，可是這好處我曉得，金子只有往上漲，哪有向下落的道理。」胡太太道：「照你這樣說，有金子的人都不肯向外賣出了。你是好朋友，我也不必瞞著你。我現在作一筆生意，請你看幾樣東西。」說著，她把玻璃窗上的幔布先給掩蓋起來，然後找開穿衣櫥，取出白鐵小箱子來。她將背對了窗戶，捧著白鐵小箱子朝了電燈，然後向魏太太招了兩招手。

魏太太會意走了過去。她將小鐵箱的鎖打開，掀開蓋來，黃光外射，讓魏太太吃了一驚。裡面有四副金鐲子，兩串金鏈子，十幾枚金戒指。因道：「這都是你收買的嗎？」胡太太笑道：「若是我收買的，我就不給你看了。明天早上，我就送進銀樓。」

魏太太道：「你怕金子會跌價，所以趁這個機會賣了它。我勸你可別作這種傻事。」胡太太將小箱子鎖好，依然送到衣櫥子裡去。笑道：「我並不傻，我是替人家代勞的。我有兩家親戚，住在歌樂山。

他們看到金子能賣到四萬幾一兩，黃金儲蓄呢？可只要兩萬元一兩。於是他們腦筋一轉，有了辦法，決定把金子拿到銀樓去換現錢。這筆現錢分文不動，拿去買黃金儲蓄券。六個月到期，憑了儲蓄券去兌現金。那麼現在賣掉一兩金子，六個月之後，就變成二兩金子了。這樣現成的好買賣，為什麼不做。他們有了這個動議，驚動了兩家太太小姐們，連老媽子也在其中湊熱鬧，各把首飾拿出來，帶到城裡來換。他們知道我們認識一家銀樓，托我去和他們換掉，而且還托我們胡先生到銀行裡去買儲蓄券。所以今天晚上我這衣櫥子倒成了交易所了。」

魏太太道：「也許這裡面有一大半是你的吧？」胡太太將衣袖子向上一卷，露出了右手臂上套著的金鐲子，笑道：「我的還在這裡。假使我有那富餘錢的話，就買了黃金儲蓄券了，哪裡還會等著今日。」魏太太嘻嘻地望著她笑道：「也許你早就買得可觀了。」胡太太也只笑了一笑。

魏太太道：「這幾個月來，也偶然聽到有人說買金子，買黃金儲蓄券，真正幹得起勁的人，也還不多，為什麼這個禮拜以來到處都聽著是買金子的聲音？」胡太太點點頭道：「這個我有點研究，可以告訴你，第一是黃金的黑市，漲到了五萬上下，現在花二萬元買一張儲蓄券，六個月兌現，對本對利，比在銀行裡存大一分的比期，（川地商家習慣半月一交割，十五或三十一日必須結帳。故每月三十一及十五謂之比期。銀行因此習慣而有半月存款之例謂之比期存款。普通半月存款亦謂之比期存款。但依存款之日起息，半月一結，則不必固定十五日或三十一日。）還要合算。你拿十萬元到銀行裡存大一分，到七個月頭，利上加利，才有十九萬幾，還不到對本對利呢。這不是買黃金儲蓄券更合算嗎？所以黃金黑市越漲價買黃金儲蓄券的人越多。第二是官價和黑市相差一半，政府賣黃金也好，賣黃金儲蓄券也好，那都吃虧太大了。非把官價提高不可。提高多少現在雖不知道，但是總不會和黑市相差一半。等到黃金官價定高了，兌現的日子就不能對本對利了。據報上登載，就在這幾日財政部要宣布新官價。大家要搶便宜，所以這幾日買黃金的人發了狂，這些買三兩五兩黃金儲蓄券的算什麼？那些買黃金期貨的，一買幾千兩，也雪片似的向四行送著支票，那才是嚇人呢。第三，還有個原因，說政府看到賣黃金是太吃虧，要不賣了，因此要想發財的人更是著急。」

魏太太笑道：「你說這話，我算明白了。既是賣黃金吃虧，政府又何必賣，馬上就可以停止，還等什麼？」胡太太道：「為的是法幣要回籠。」魏太太道：「什麼叫法幣回籠？」胡太太道：「法幣發得太多了。這叫通貨膨脹。通貨膨脹，錢不值錢，東西要漲價，這叫法幣貶值。政府不願法幣貶值和東西漲價，要把市面上的法幣收回去，這就叫回籠。讓法幣回籠的辦法很多，不一定是出賣黃金。譬如抽稅，發公債票，拋售物資都可以。」

魏太太走近一步，將手拍了她肩膀道：「真有你的，你也沒有學過經濟，怎麼曉得這樣多？」胡太太笑道：「這還用得著學呀！我們家裡每天晚上來些擺龍門陣的客人，無非就談的是這些。聽過三回五回，也許你還不明白。等著你聽到二三十回，甚至五六十回，難道你還不明白嗎？」魏太太道：「那麼你們府上貴客滿堂，也許又是在開經濟座談會了。」胡太太道：「那倒不是。他們今天都是到劉家去跳舞的，時間未到，先到我家來坐坐。我不是說了，這些人我們認識一大半嗎？」

魏太太道：「跳舞還有時間不時間，反正是大家趁熱鬧。」胡太太道：「自然是這樣的，不過人馬未曾到齊，大家就得等上一等，尤其是幾位女明星沒有到，大家必須等著。」魏太太道：「是哪幾位女明星呢？舞臺上和電影上的女明星我很少看到她們的本來面目。」胡太太挽著她的手道：「你隨我來吧，也許她們來了。」她隨著女主人走出門時，隔壁那客室裡的歡笑聲，已經停止。那邊洋樓裡，留聲機用擴大器放著音樂電影，響聲由窗子縫裡和門縫裡傳播了出來。胡太太笑道：「他們已經開始了。你看，很有趣的。」

魏太太關於摩登的事，什麼都玩過，就是不會跳舞。這原因第一是由於她沒有朋友引帶學習，第二是她參加的社交，是不大高貴的場合，沒有跳舞的機會。心裡倒也想著，重慶城裡半公開的跳舞，到底是怎麼一種場面？這時有了這樣一個機會，自也願意去見識。順便看看范寶華那個離婚夫人，長得是怎麼漂亮。心裡如此，隨著胡太太，已走進了劉家。

這屋子倒是純歐化式的，進了大門，就是個門廊，壁上的衣架帽鉤，懸掛了不少的帽子和雜物。門廊過去，一條寬甬道，左邊一所小客廳，已是坐滿了人的。左邊有個垂花門的大敞廳，家具全搬空了，只屋子角上，留有一張小圓桌，桌子放了一架留聲機，旁邊堆了二三十張話片。一位穿西服的少年，彎了腰在那裡伺候話匣子。那頭屋角，有個擴大器安在牆上。全屋電燈通明，照著七八對男女，在光滑的地板上溜著。在垂花門外面，亂擺著大小椅子，不舞的人，男女夾雜坐在那裡。

胡太太帶她進來了，隨便地向人點著頭，不知道誰是主人，也沒有人來招呼。兩人自走向那小客廳裡去。一個頭髮梳得烏油淋淋的西服少年，迎向前對胡太太腳底下望著，笑道：「怎麼穿便鞋來的？」胡太太笑道：「我今天沒有工夫。」那人笑道：「為什麼不來？今天有幾張很好的音樂電影呢。」說著，將右手揚起來，中指按住了大拇指，對胡太太臉上遙遙地一彈，拍的一聲響，自走開了。魏太太看她臉上時，略帶微笑，並沒有對這人感到失態。

這小客室裡，只有一套沙發，四個錦墊，人都坐滿了。兩人走進去，復又退出來。這時，一段音樂電影放完，舞伴放開了手，分別向舞廳四周站著。魏太太心想，就是這麼個局面，這會有什麼很大的樂趣嗎？說到男人，那還罷了，摟抱著女人那總是占便宜的事。說到女人，讓男人抱著跳舞，這也會有趣味？跳完了，連個好好休息的地方都沒有。

她以一個外行的資格，站在那垂花門邊，向舞場上的幾位女賓身上打量著。其中有個瓜子臉的女人，後腦披著十來股紐絲卷燙髮，穿件大紅銀點子的旗袍，胸前高挺了兩個乳峰，十分惹人注意。正好有個西裝男子，將她向一位穿制服的人介紹著，稱她是袁三小姐。她伸出手來和那人握著。遠處兀自看到手指上銀光一閃，這無須說，正是她手上戴了一隻鑽石戒指了。魏太太這就知道她是范寶華的離婚夫人。這樣的全身繁華，可知老范在她身上花了多少錢。

再看看其他的女賓，雖不是個個都像袁三那樣華麗，可是穿的衣服，全是很時髦的，戴金鐲子那太不稀奇，手指上圈著鑽石戒指的，就還有三位。尤其是各位女賓穿的皮鞋，漏花幫子的，絆帶式的，嵌花條的，重慶鞋店玻璃窗裡的樣品，這裡全有。袁三穿的是雙朱紅絆帶式的高跟鞋子，套在白色絲襪上，那顏色像她那件紅色銀點旗袍，非常地刺激人的視官。魏太太很敏感地看了看自己身上這件五成舊的花綢衣服，紅不紅，灰不灰，白又不白。穿的這雙皮鞋又是滿幫子，好像軍人穿的黃皮鞋。這和人家打比，未免太相形見絀了。

她正是這樣慚愧著，偏是好幾位女賓都把眼光向自己看來。她心想，這必是人家笑我落伍，我還老站在這裡作什麼。於是低聲向胡太太道：「我們走吧。」胡太太也看出了她侷促不安的樣子，以為她不會跳舞的人對於這種場合，不大習慣。便點點頭引了她出去。

轉身只走了兩步，後面有人叫道：「怎麼走呢？胡太太。」她們回過頭看時，是位穿西服，嘴唇上留有半圈短鬍子的人。胡太太笑道：「我是陪這位魏太太來觀光的，劉先生自己沒有跳舞？」他笑道：「你若下場子我可以奉陪。魏太太初次來，我沒有招待，那太對不起，請到樓下去坐坐。我熬有一點真咖啡，是重慶不大容易得著的，喝杯咖啡走吧。」說著，向魏太太笑著點頭。她明白了這是主人，人家所請的客人，都是珠光寶氣的太太小姐，自己這副形象，怎好意思加入人家的舞群，便笑道：「對不起！劉先生，我今天有事，改日再來拜訪劉太太吧。」那主人有的是湊熱鬧的女賓，卻也不怎樣挽留，笑著送到門廊下就止步了。

魏太太再到胡家，他們家的男客已完全走了，主人讓到小客室裡來坐。重慶非大富之家經過八年的抗戰已沒有沙發椅。小康之家代替沙發的是柳條和藤片作的沙發式的矮椅子。胡家客室裡也有這種陳設，而且椅子上各加陰丹士林布的軟墊子。這種布也久已是成為奢侈品的了。客室的另一角放著小圓桌子，上面蓋著挑花的漂白布桌毯，魏太太是久有此意，想買兩丈極好的漂白布，作兩身內衣。也就因為白布既極貴，而且也不大容易買到，把這事延誤了，倒不如人家胡太太拿了作桌布。因笑道：「你們家打算在重慶還住個十年八載呢，還是這樣新添東西。」胡太太道：「這不算添東西呀？你看我們家，到晚上還有大批人馬來到，不能不讓人家有個落坐的地方。」

魏太太看圍著圓桌的椅子，也是新置的，顯然是最近的布置。魏端本階級相等的朋友，就沒有誰人家裡能預備一間客室。這胡家的客室，雖然就是這點家具就擺滿了。可是牆壁上掛著字畫，桌上擺著鮮花瓶，並沒有客室裡不應當擺的東西，這可知道完全是作客室之用的。因笑道：「胡太太，我很欣慕你。在重慶能過著這樣安適的日子，這不是容易的事。」胡太太笑著搖搖頭道：「並不安逸呀！我們胡先生也是不住地向我囉唆，老說我花多了錢。往後我也要少賭兩場了。」說著，嘻嘻一笑。

魏太太道：「你怕什麼？有的是資本作金子生意。六個月對本對利大撈一筆，你輸不了。」胡太太道：「提起這事，我不要說過就忘了。陶太太的事我們怎樣辦理，她是要現錢，還是要支票？現款恐怕家裡沒有這樣多。」

魏太太道：「你開明日的支票吧。讓她自己明日上午把金器拿來。她又沒有拿東西來，我帶了現款去，倒負有責任。」胡太太對於這個說法，倒好像是贊成的。立刻進屋子去，又拿了個小紅皮箱出來，打開皮箱，取出了三個支票本子，挑了其中一個，摸出口袋裡的自來水筆，伏在圓桌上，開了張三萬元的支票。支票放在桌上，把小皮箱送進房去。再出來，卻帶了印泥盒和圖章盒，在支票上蓋了兩個章，交給魏太太，笑道：「這絕不是空頭。」

魏太太心裡想著，這傢伙真有錢，而且也真會管理。支票和圖章不但不放在一處，而且也作兩回手續辦理。這便笑著點了兩點頭道：「胡太太的事，沒有錯。你玩是玩了，樂是樂了，家裡日子過得十分舒服，手邊用的錢也十分順便，我應當向你學習學習。」胡太太道：「好哇！隨便哪天來，我先教給你跳舞。」魏太太道：「我若是有你這個環境……唉！不說了。我到你這裡來一趟，我的眼睛受的刺激夠了，我不能再受刺激了。」說著，將那支票揣在身上，扭轉身就走了。

第七回　買金子買金子

魏太太帶著滿懷的感慨，回到了家裡，事實上是和預定期間，多著兩三倍。楊嫂帶著孩子們都睡了。她心想，自己是個倒楣的人，這三萬元支票，別在身上揣丟了。因之並不耽誤，就到陶家來。陶太太坐在電燈下，補襪子底呢，立刻放下活計相迎。魏太太笑道：「你們陶先生也穿補底襪子？」陶太太道：「請問重慶市上，有幾個人的襪子底不是補的？」魏太太道：「其實，只要少輸兩回，穿衣服的錢都有了，別說是穿襪子。」陶太太笑道：「話是誰都會說，可是事臨到頭上，誰也記不起這個說法了。」

魏太太嘻嘻一笑，彎著腰在長襪統子裡，摸出了那張支票，遞給陶太太，因把在胡家接洽的經過，說了一遍。接著嘆口氣道：「有錢的人作什麼事都占便宜，他們有法子用金子滾金子，現在是四兩，半年後就是半斤。你這金鐲子若是不押了它，現在賣個三四萬塊錢，就可以買二兩黃金儲蓄券。到了秋天，你就戴兩副鐲子了。」陶太太笑道：「你也知道這個辦法，你一定買了。伯笙原來也是勸我這樣做的，可是我要為孩子籌零用錢，我就顧不得撿便宜的事了。」說著，她突然搖了兩搖手，把支票收到衣袋裡去。隔壁屋子，正是陶伯笙在說話。

魏太太到那屋子裡來，見他將一張紙條放在桌上，用鉛筆在紙上，列寫阿拉伯字碼。他一抬頭笑道：「昨晚上的事，真對不起，我又是一場慘敗。無論如何，要休息一個時期了。」魏太太笑道：「回來就寫帳，合夥買金磚嗎？」陶伯笙哈哈大笑道：「好大口氣。我也不過是和人跑跑腿而已。」

魏太太胡亂開句玩笑，卻沒有想到他真是在算金子帳，便坐在旁邊椅子上問道：「你有買金子的路子嗎？」陶伯笙坐在桌子邊，本還是拿了鉛筆在手，對了紙條上的阿拉伯字碼出神，這就很興奮地放下了鉛筆，兩手按住了桌沿，望著魏太太道：「怎麼著，你對這事感到興趣嗎？」

魏太太笑道：「對發財的事誰不感到興趣？若不感到興趣，那也就怪了。可是我沒錢，一錢金子也買不到。」陶伯笙正了臉色道：「我不是說笑話，你何妨和魏先生商量商量，抽個十萬八萬，買四五兩黃金儲蓄券也好。將來抗戰勝利回家去，也有點安家費。現在真是那話，勝利逼人來，也許明年這個時候，我們已經回到了南京。」魏太太搖著頭道：「你也太樂觀了。」陶伯笙道：「不樂觀不樂觀，這是比『放比期』還優厚的利息，能借到債也可以做的買賣呀！」魏太太低頭想了一想，笑道：「端本回家來了，我和他商量著試試吧。」

正說到這裡，有個矮胖子走進來。魏太太已知道他，他是給老范跑腿的李步祥，人家真要談生意經，自己也就只好走開了。陶伯笙和他握著手，笑了讓坐，因道：「冒夜而來，必有所謂。」李步祥笑道：「在門外面我就聽到你和剛才出去的這位太太談買金子了。兄弟發財的念頭也不後人。」

陶伯笙起身敬了他一支菸，又擦著火柴給他點上了，就因站在他面前的緣故，低聲笑道：「老兄，要買的話，打鐵趁熱，就是明後天。我聽了銀行裡的人說：就在下月一號，金價要提高。今天的消息更來得急，說是政府看到買金子的人太多，下月就不賣了。」李步祥噴了一口煙，笑道：「我也是聽了這個消息，特意來向你打聽的。你既然這樣說了，我的事也就拜託你，你和老范去買的話，順便給我來一份。」

陶伯笙道：「你找我，我還找你呢。我和老范托的那位包先生，是隔子打炮的玩意。他根本還得轉託業務科的人。幾百萬的本票，我可不敢擔那擔子，讓人轉好幾道手。乾脆，我去排班。我打算今晚上起個黑早，到中國或中央銀行門口去等著。你也有此意，那就很好，我們兩個人同去。站班有個伴，也好談談話。」李步祥把手伸到帽子裡去，連連搔了幾下頭髮，搔得那帽子一起一落。原來他走進來就談金子，帽子都忘了摘下來呢。他笑道：「站班，這可受不了。我到重慶來，除了等公共汽車，我還沒有排過班。為了排班，什麼平價東西，我都願意犧牲。」

陶伯笙架了腿坐在床沿上，銜了支菸卷在嘴角上。左手拿了火柴盒，右手取根火柴，很帶勁地在火柴盒上一擦，笑道：「難道說，買平價金子，你也願意犧牲嗎？」說完了，方才將火頭點了菸卷深深的吸上一口。李步祥道：「若是你陶先生西裝筆挺，都可以去排班，我李步祥有什麼不能去的。不過你拿幾百萬去買，雖然是人家的，怕這裡面，不有你很大的好處。我可憐，只拼湊了二十萬元，買他十兩金子而已。」

陶伯笙笑道：「十兩還少嗎？我太太想買一兩，那還湊不出那些錢呢。這些閒話都不必說了。銀行是八點鐘開門，我們要六點鐘就去排班，晚了就擠不上前了。我們在哪裡會齊？」李步祥已把那支菸吸完，他把桌上的紙菸盒拿起，又取了一支來抽，藉以提起他考慮的精神。陶家這屋子裡，有兩把不排班的椅子，相對著各靠屋子的左右牆壁。李步祥面對了主人背靠了椅子，昂起頭來，一下子吸了五分長一截菸，然後噴出煙來笑道：「我還得問明白了老兄，我們是到中央，到中國？還是到儲匯局？」

陶伯笙笑道：「還是中央吧。聽說將來兌現金，還是由中央付出。為了將來兌現的便利，就是中央吧，而且我的四百萬元本票，只有一張五十萬，是中央的，其餘有兩三家商業銀行。為了他們交換便利，也是中央好。」李步祥笑道：「你真前後想個周到，連銀行交換票據你都替人家想到了。」

陶伯笙唉了一聲道：「你知道什麼？你以為這是在大梁子百貨市場上買襯衫襪子，交了錢就可以買到貨？這買黃金儲蓄券手續多著呢。往日還有個卡片，交給買主，讓你填寫姓名住址儲金的數量。自從買金子的人多了，卡片不夠用，銀行裡筆墨又鬧恐慌，這才免了這節繁文。可是你還得和他們討張紙條，寫好姓名數量，將錢交了上去。當時他給你個銅牌子，明日再去拿定單。你若是現款，那自然你以為是省事，可是要帶上幾百萬元鈔票，你好帶，人家還不願意數呢。最好你是交中央銀行本票，人家只看看就行了。其次是各銀行的本票，他收到了本票，寫了帳，把你的戶頭登記了。本票交到交換科。交換是中央主辦的，其他國家銀行也是送到這裡來交換。交換科每天交換兩次，上午一次是十一點。交換科將本票驗了，若是商業銀行的話，還得算清了，今天他們並不差頭寸，這張本票，才算是現錢。交換科通知營業科，營業科交辦理黃金儲蓄的人開單子。這幾道手續，至少也得十二小時。若是你趕不上十一點鐘的交換時間，中央晚上辦理交換，第二天下午，才能通知營業科，你這定單，至早也得第三天才能填好，所以我們必須上中央，而且要趕上午。這個月已沒有幾天了。萬一下月停止辦理黃金儲蓄，這兩日爭取時間，是最重要的事。」李步祥聽了這篇話，茅塞頓開，將手一拍大腿道：「真有你的，怪不得老范要你跑腿。你怎麼知道得這樣多？」

陶伯笙笑道：「這年頭作生意不多多地打聽，那還行嗎？我除了在銀行裡向朋友請教而外，又在中國中央，親自參觀了一番。本來這件事還有個簡單辦法，就是托著來往的商業銀行代辦，並無不可。人家和國家銀行有來往，天天有買賣。可是老范這人精細起來，卻精細得過分。他原和三家商業銀行有來往。其中一家有點靠不住，他的存款都提出來了，其餘兩家也是拚命在搶購金子。他怕託運兩家銀行不十分賣力，會耽誤了時間。反正有我這個跑腿的，就在銀行裡開了本票，讓我直接到銀行裡去買定單。反正是兩條腿，站他兩小時的班，這比輾轉託人情，向人陪著笑臉，總要好得多。我們這是拿著幾百萬元去存款，又不向人家借幾百萬，憑什麼那樣下賤去託人情呢？」李步祥笑道：「你說的這些話，我都明白了，不用說了。事不宜遲，我連夜湊款子，明天早上我們在中央銀行門口相會。」

陶伯笙道：「你不是說，已經湊足了款子嗎？」李步祥道：「款子現成，全是現鈔。我聽到你說，銀行裡嫌數現鈔麻煩，我連夜和朋友去商量，去掉中央銀行的本票。若是掉不著本票的話，就是去掉換些大票子也好。」

陶伯笙道：「這倒是個辦法。最好明天早上你來約我，我們一路到中央銀行去，排班也好排在一處。」李步祥道：「那也好，反正走你這裡過，彎路也有限。那麼，我就走了。」說著，他就起身走去。

李步祥是個跑百貨市的小商人，沒有錢在城裡找房子住，家眷送在鄉下過日子，他卻是住在僻靜巷子裡一爿堆棧的樓上。這原來是重慶城裡一所舊式公館。四進房子，被敵機炸掉了兩進半。商人將這破房子承租過來，索性把前面兩進不要。將舊磚舊料，把炸了的半進蓋個半邊樓。李步祥就是在這加做的樓上住著。破磚和石頭堆的坡式梯子，靠了屋邊牆向上升，牆上打個長方洞，那算是樓門。樓倒有一列樓廊，可沒有頂，又可算是陽臺信。舊式房子的屋頂，本來是三角形，屋簷前後總是很低。炸彈把這屋子炸去了半截，修理的時候，就齊那三角形的屋脊附近，由地面起了半截牆，牆上釘著木板，攔成半邊樓。這樣，樓的前面，高到屋脊，也就可以在板壁上開門開窗戶了。樓裡自然是前高後低，是斜形的，但臨窗放桌子，靠後牆鋪床，也起居如意。因為屋頂是斜的，為了顯得裡面空闊些，全樓是通的，並不隔開，一字相連鋪了七八個床鋪，兩頭對面又各鋪了一張床。在這裡住的人，倒好像坐小輪船的半邊統艙。因為臨窗的桌子和靠牆的床，相隔只可走一個人。若有人放把椅子在桌上算帳，經過的人，必須跳欄競賽地斜了身子跨過去。再加上箱子籃子盛貨的包裹，其雜亂也不下於一個統艙。

李步祥走到這樓上，見不到罩子的禿頭電燈泡，掛水晶球似的，前後左右，亮著四盞。兩頭兩張三屜小桌，各堆了一堆椒鹽花生，配著幾塊下江五香豆腐乾。每張桌前，或站或坐，各有三四個人，互遞著一隻粗碗在喝酒，因為那股濃烈的香氣襲人，就是不看到碗裡有什麼，也知道是在喝酒的。他呵了一聲道：「好快活，吃花酒。」

這堆棧裡一個年老的陳夥計，禿著頭，翹著八字鬚，臉上紅紅的。捲起他灰布長衫的袖子，正端了粗飯碗在抿酒。放下碗來，鉗了半塊豆腐乾，向他招招手道：「來來來，李老闆，我們劃幾拳。」李步祥的床鋪，在半間樓的最裡面橫頭。這像坐統艙的邊鋪，是優待地位。他正要經過這兩個吃花酒的席面。走到陳夥計面前，見有兩張粗紙放在花生堆邊，紙上湮著兩大團油暈，還有些醬肉渣子。便笑道：「怎麼著，今天打牙祭？」陳夥計笑道：「什麼打牙祭？他們敲我的竹槓。」李步祥道：「那未必是老兄賺了一票，要不然，他們不會無緣無故敲你的竹槓。」

吃酒的人中有位劉夥計，便道：「李先生，你要知道，你也該喝他四兩。陳先生令弟，由西康來，和他帶來三兩多金子。在西康不到三萬元收的，到了重慶作四萬五賣給別人了。那三兩金子，根本就是帶一萬多塊錢貨到西康去換來的。前後也不過四個月，他賺了個十倍轉彎，這還不該敲他一下嗎？」陳夥計本來是端了酒碗待抿上一口，聽了這話，笑得牙齒露著，鬍子翹著，把碗裡的酒喝不下去，索性放下碗來，笑道：「你不要聽他們誇張的宣傳。賺是賺了一點，哪裡就賺得了許多呢？」

李步祥說著話，走到他的床邊，將壁上的西裝木架子取下，將身上穿的這套西服脫了掛上去，另在床底下箱子裡，將一套舊的青呢中山服穿起。原來在重慶的商人，只要是常在外面活動的，都有一套拍賣行裡買來的西服。就以這半個樓面上的住客而論，在家裡擠得像罐頭裡的沙丁魚，出去就換上了西服。你在街上遇到他，想不到他是住在這雞窩裡的。

陳夥計看到李步祥換下了西服，倒想起了一件事。笑道：「李先生出去跑市場，捨不得穿這套西服的？今天忙到這時候回來，有什麼好買賣？」他毫不考慮，笑道：「搶購黃金。」陳夥計抓了把花生走過來塞到他手上，笑道：「別開玩笑了。」他是江蘇人，憋了這句京腔，那個開字和玩字，依然是刻字晚字的平聲，實在不如本腔受聽，全樓人都笑了。

李步祥剝著花生，笑道：「你以為我是說笑話嗎？我是真事。明日一大早，我就到中央銀行去排班。明日上早操的朋友，希望叫我一聲。」原來這樓上也有一位國民兵團的壯丁，是堆棧裡兩位學徒。他們沒有吃花酒的資格，各端了本川戲唱本，睡在床上念。就有個川籍學徒答道：「要得。往常買平價布，趕汽車，（川人對乘船乘車，均日趕）都是我喊人咯。」

陳夥計道：「李先生真去買黃金儲蓄券。若等一天，我們一路去。」李步祥道：「我不說笑話。你若是打算買，那就越快越好。聽說下月一號，不是提高官價，就是停止辦理黃金儲蓄。這消息雖然已經外露，知道的人，還不算多，等到全重慶的人都知道了，你看，銀行門口怕不會擠破頭。所以要辦……」

那位陳夥計，本已坐到那三屜桌子邊，緩緩地剝著花生。聽了此話，突然向上一跳的站了起來，問道：「李先生，這消息靠得住？」李步祥倒不是像他那般緊張，依然坐在原位上，剝了花生米，落在右手掌心裡，張開嘴來，手心託了花生米，向嘴裡一拋，咀嚼著道：「不管他消息真不真，決定了辦，明天就辦。早一天辦，拿了儲蓄券，將來就早一天兌現取金。」

有位坐在床上端酒碗的張老闆，是個黑胖子，穿了西裝，終年頂了個大肚子，頗有大腹賈的派頭。談起生意經，倒只有他是陳夥計的對手。這時，他把酒碗放下，將五個指頭，輪流的敲著桌子，因微笑道：「老兄，我剛才和你商量的話怎麼樣？你何必一定要買十兩？你手上有十五六萬先買他七八兩，等湊到了錢，再補二兩，那還不是一樣？老兄，你要知足，你一萬多塊錢，變成了三兩多黃金。黃金賣了十五六萬，再去作黃金。黃金賣了十五六萬，再去買黃金儲蓄，半年之得，有半斤金子了。」陳夥計聽了齜開了牙齒，手摸了幾下鬍子，笑道：「既然是對本對利的生意你為什麼不幹。」

張胖子皺了眉，嘴裡縮著舌頭嘖的一聲，表示惋惜之意，因道：「我的錢都在貨上了，調動不開，手邊上只有兩三萬元，二兩都湊不上。」說到這裡，陳夥計突然興奮著，站了起來，大聲問道：「各位有放債的沒有？三千五千，八千一萬，我都借。半個比期，我一定奉還，只要能湊成四五萬塊錢，我就心滿意足了。我照樣出利錢，但我希望照普通銀行的規矩，七分或八分，不讓我出大一分就好。」他這樣號召著。雖然有幾個人響應，但那數目，都只三千兩千。

那最有辦法的張胖子，拖了個方凳子，塞在屁股後面，就在桌子邊坐下，在花生殼堆裡挑著完整的花生出來，慢慢地剝著吃，他卻不說什麼。陳夥計望了他道：「老張，真的！你有沒有現款？」他這才笑道：「老兄，賺錢的事個個想幹的啊！我有錢，我自己也去買黃金儲蓄了。」陳夥計道：「我不相信你就只三萬現款。」

他慢慢地還是在剝花生，在花生殼堆裡找花生，而且還把喝光了酒的空碗，端起來聞上一聞。看它臉色沉著，好像是在打主意。於是大家也就沉默著，聽他發表什麼偉見。果然他挑出一粒花生，又向花生殼堆裡一扔，然後臉子一揚道：「我倒有個有福同享的辦法。像湊錢買航空獎券一樣，現在我們在這屋子裡的人，除了自己有錢可以去買三兩五兩的不算。那只能買一兩八錢，或者連五錢都不夠買的，可以把款子湊起來。湊到十萬，我們就買五兩，湊到二十萬，我們就買十兩。記一筆總帳，某人出了錢多少，將來兌現，按照出的資本分帳。黃金儲蓄券，記著出錢最多的那人姓名，由他開具收條，分交投資的，收據由他親自簽字蓋章為憑。儲券也由他負責保存。大家不要以為我出的主意，我想拿這儲券，我手邊只有現款三萬。我這個數目不會是最多數。」

他這樣說著，就有好幾個人叫著贊成贊成。有的說出二萬，有的說出一萬五千，那不夠一萬的，就再向別人去商量，借點小數來湊整的。都是這樣說，連五錢金子都定不到，那就沒意思了。那兩個川籍學徒，也由床上坐起來，不看川戲唱本了。一個問道：「哪天交款？」

張胖子道：「打鐵趁熱，馬上交款。陳先生年紀最大，我們公推他臨時主席，款交給他。我們再推一個代表，明日一早到中央銀行去排班。由主席今晚交款子給他，他負全責去辦儲蓄。將來兌現的時候，大家奉送一筆排班費。這樣做，我覺得最公道也最公開。大家幹不幹？」這時，除了陳夥計為著湊不到款子，謝絕當臨時主席外，其餘的人一律同意。有的開箱子找錢，有的在衣袋裡摸索。

那兩個川籍學徒，是這樓上最窮的分子，各各掏摸身上，都不過兩三千元。甲學徒向乙學徒道：「別個都買黃金，我們就無份，我們也湊五錢金子股本，要不要得？」乙學徒向床上一倒，把那放在被捲上的川戲唱本，又拿了起來，答道：「說啥子空話？我沒得錢，你也沒得錢。發財有命喀。」甲學徒走過來，拉著他道：「我和你咬個耳朵（說私話也）。」於是低聲道：「大司務老王有錢，我們各向他借四千。自己各湊一千，不就是一萬？」乙學徒道：「你去和他說嗎，碰他那個酒鬼的釘子，我不招閒。」那甲學徒倒是想到就辦，立刻下樓到廚房裡去了。

約莫是十分鐘，有人就在門外叫道：「買金子，買金子，要得嗎！」門拉開，那個大司務老王進來了。他一張雷公臉，滿腮都是鬍樁子，在藍布襖子上繫著青布圍襟，手撈起了圍襟，只管揩擦著兩手，笑著問道：「朗個的，打會買金子？我來一個，要不要得？」

張胖子笑道：「好長的耳朵，你怎麼也知道了？」老王道：「確是，大家帶我一個。」張胖子道：「你搭上多少股本？」老王道：「今天我有三萬塊錢，預備帶下鄉去，交給我太婆兒，沒得人寫信，還在我身上。讓她多吃兩天吹吹兒紅苕稀飯，（吹吹，猶言可以吹動之米汁也。紅苕即蕃薯）不生關係，列個老子，我先買金子再說。三萬塊錢，買一兩五，過不到癮。我身上還有二千四百元零錢，我再到街上去借三千元，湊起四萬，買二兩。列個老子，半年後有四兩黃金，二天給我太婆打一隻赫大的金箍箍（戒指也），她作一輩子的夢，這遭應了夢了，喜歡死她，列個老子，硬是要得。」說著，他不住伸手抓雷公臉上的鬍樁子，表示了那番躊躇滿志。引得全樓人哈哈大笑。

第八回　半夜奔波

老王的這番話，引起了李步祥的心事。原是預備將二十萬元去向熟商人掉換本票的。一回到這樓上，大家討論買金子，把這件事情就忘了。這就叫道：「老王，你上街借錢，我托你一件事。問問有大票子沒有？你若能給我換到二十萬五百元的票子，我請你喝四兩大曲。」老王道：「就是嗎。票子越出越大，就越用越小。五百元一張的算啥子，一千元一張的，現在也有了。拿錢來嗎，我去換。」李步祥聽到他說可以換了，倒是望著他笑了，因道：「你的酒醒了沒有？」老王道：「你若是不放心，我們一路去，要不要得？銀錢責任重大，我也不願過手。」李步祥聽他說，雖覺得自己過於慎重一點，但想來還是跟著他的好。於是把二十萬元放在皮包裡，跟著老王走上大街。

就在這堆棧不遠，是兩家大紙菸店。老王走進一家是像自己人一樣，笑道：「胡老闆，我有點急事，要用幾個錢，借我三千元，一個禮拜準還你。」這紙菸店櫃檯裡橫了一張三屜小帳桌，左邊一疊帳簿，右邊一把算盤。桌子上低低地吊了一盞白罩子電燈，胡老闆也似乎在休息著這一日的勞瘁，小桌上泡了一玻璃杯子清茶，正對著那清茶出神。他坐著未動，掉過臉來，笑道：「你有什麼急用，必定是拿了錢去，排班擠平價布。」

老王一擺頭道：「我不能總是穿平價布的命呀。今天我要擺一擺闊，湊錢買金子。胡老闆，你幫我這一次忙，隔天你要請客的話，我若不跟你作幾樣好川菜，我老王是龜兒子。」這胡老闆不免為他的話所引動，離開了他的帳桌。走到櫃檯裡，望了他道：「這很新鮮，你也打算作金子生意，你和我借三千塊買金子？你以為是金子一百二十換的時候。」老王含著笑正和他說著只借三千元的理由。

帳桌後面的小門裡，走出來一個中年婦人，只看她穿著雪花呢旗袍，燙髮，手腕上戴著雕龍的金鐲子，一切是表示著有錢，趕得上大後方的摩登裝束。她搶問道：「誰有金子出賣？」她見李步祥夾了大皮包站在後面，她誤會這是個出賣金子的，只管望了他。老王笑道：「沒有哪個賣金子，買還買不到手哩。老闆娘，你要買金子嗎？我去和你排隊，不要工錢，就是今晚上借我三千元，不要我的利息，這就要得。」老闆娘道：「老王，你說話算話。就是那麼辦。你只要在銀行裡站班到八點鐘，我們有人替你下來，不耽誤你燒中飯。」胡老闆道：「他的早飯呢？」老王道：「我會找替工嗎。」

李步祥聽了，這又是個買金子的。人家有本票有大票子，怕不會留著自己用，這大可不必開口了。同時，又感到買金子的人到處都是，料著明天早上，銀行裡是一陣好擠。有一次匯五萬元發票子到成都，銀行裡都嫌數票子麻煩。這二十萬元的數目，在人家擁擠的時候，人家也未必肯數。大梁子一帶，百貨商熟人很多，還是跑一點路吧。他自己覺得這是福至心靈的看法。再不考慮，夾了皮包，就直奔大梁子。

重慶城繁市區的夜市，到了九十點鐘，也就止了。大梁子是炸後還沒有建築還原的市場，當李步祥到了那裡，除了馬路的路燈而外，兩旁的平頂式的立體小小店鋪，全已關了。好像斷絕煙火的土地廟大集團，夾了馬路休息著。然而他那股興奮的精神，絕不因為這寂寞有什麼更改。他首先奔向老友周榮生家。

這位周老闆，住在一家襪子店後面。只有一間僅夠鋪床的窄條矮屋子。除了那張床鋪，連方桌子也放不下，只在床頭，塞了一張兩屜小桌。可是他在鄉下的堆棧，卻擁有七八間屋子。他是衡陽轉進重慶來的一位百貨商人，就是住在這百貨交易所附近，以便時刻得著消息。他流動資金不多，並不收進。但他帶來的貨色，他以為還可以漲個兩倍三倍，甚至七倍八倍，他卻不賣出。尤其是這最近半個月裡，因戰局逐漸好轉，百貨下跌。他和七八位和衡陽進來的同業，訂了個君子協定，非得彼此同意，所有帶來的貨，絕不許賣出。在民國三十四年春季，他們合計的貨物，約可值市價三萬萬五千萬。若是大家把貨拋出，重慶市場消化不了，可能來一個大慘跌。那是百貨同業自殺的行為了。所以他住在這裡，沒有什麼大事做，每天是坐茶館打聽行市。

這時，他買了一份晚報，躺在床上對了床頭懸下的禿頭電燈泡看，大後方缺紙，報紙全是類似太平年月的草紙印的。油墨又不好，不是不清楚，就是字跡力透紙背。他戴起了老花眼鏡，兩手捧了報，正在研究湘桂路反攻的這條消息。李步祥在門外叫道：「周老闆沒有出門嗎？」他已聽出是李步祥的聲音，一個翻身坐起來道：「請進來，忙呀！晚上還出門。」

李老闆走進他屋子，也沒有個凳子椅子可坐，就坐在他床鋪上。周老闆雖然擁資七八千萬，自奉還是很薄，這床鋪上只有一條毯子和一床被。李步祥將皮包放在床鋪上，他已能感覺硬碰硬的有一下響。便笑道：「周老闆，你也太省了，床鋪上褥子都不墊一床。」他在床頭枕下，摸出了紙菸火柴，取一支紙菸敬客，搖搖頭道：「談不上舒服了，貨銷不出去，一家逃難來川的人，每月用到二三十萬。連衣服也不敢添，還談什麼被服褥子。」

李步祥一聽，感覺到不妙。一開口他就哭窮，他怎肯承認有本票有大鈔票？口裡吸著他敬的那支菸，一股又辣又臭的氣味，衝進了嗓子眼，他只好手鉗著菸支，不吸也不丟下，沉默了兩分鐘，然後笑道：「若是周老闆嫌貨銷不動的話，我多少幫你一個忙。明天我和你推銷一批貨。今天晚上我先和你作點生意，批三打襯衫給我。我立刻付款。」周榮生笑道：「我就猜著李老闆冒夜來找我必定有事。實不相瞞，貨是有一點，現在正是跌風猛烈的時候，我怎樣敢出手？」

李步祥笑道：「那麼，你不怕貨滯銷了。」周榮生也就感到五分鐘內，自己的言語，過於矛盾。抬起他的手，還帶了半邊灰布薄棉袍的袖子，亂搔著和尚頭，微笑著把頭搖了幾下。李步祥道：「滇緬公路，快要打通，說不定兩個月內，仰光就有新貨運進來。周老闆，你老是捨不得把貨脫手，那辦法妥當嗎？老范的事情，你聽見說了吧？」周榮生道：「聽見的，他不幹百貨了，把款子調去買金子。這倒是個辦法。可是我不敢這樣做。我若把我的東西一下拋出去，我敢說百貨市場上要大大的波動一下，價錢不難再跌二三成。越跌，越銷不出去，別人有貨的，也跟著向下滾，那我是損人不利己。我若今天賣一點，明天賣一點，那能抓到多少款子，而且聽說下個月金子就要提高官價了，月裡沒有了幾天，無論如何來不及了。一個很好的機會，失了真是可惜。」說著，他又抬起手來摸和尚頭。

李步祥笑道：「我倒不是想發大財，撿點兒小便宜就算了。我也實不相瞞，明天早上，我要到銀行裡去作十兩黃金儲蓄。只是手邊上全是些小額鈔票，恐怕在銀行交櫃的時候，他會嫌著麻煩而不肯點數。周老闆手上若是有本票或者大額鈔票的話，換一點給我好不好？」周榮生突然站起來，拍著手笑道：「李老闆，你把我看得太有辦法了。沒事，我關了幾十萬現款在身上放著。」他那滿臉腮的鬍渣子，都因他這狂笑，笑得有些顫動。

李步祥碰了他這個軟釘子，倒弄得很難為情。便笑道：「那是你太客氣了。你隨便賣一批貨，怕不是百十萬。我是猜你或者賣了一批貨。其二呢？我也有點好意。我想，反正我明天是站班站定了。若是你周老闆也有這個意思，我就順手牽羊和你代辦一下。多的你不必托我，自己會去辦。若是十兩二十兩的話，我想你放心把款子交給我的。」周榮生正是心裡訕笑著李步祥的冒昧，聽了他這個報告突然心裡一動，便站定了向他望著道：「明天你真去排班？」

李步祥道：「若不是為排班我何必冒夜和你掉換票子呢？」他說著，手取了皮包，就站將起來道：「天已不早了，我得趕快去想法子。」周榮生道：「你再坐幾分鐘，我們談談。」說著，他就把那紙菸盒拿起來，又敬李步祥一支菸，而且把他手上夾的皮包抽下來，放在床鋪上。笑道：「我也是這樣想著，暫時找不到大批款子，就買他十兩二十兩，那又何妨。但是我倒要打聽一下，一個人排班，可以來兩份嗎？」

李步祥兩指夾了紙菸，放在嘴角裡碰了一下，立刻放下，斜眼望了他，見臉上帶了幾分不可遏止的笑容。心裡就想著，這傢伙一談到錢，就六親不認，我剛才是說和他將錢掉錢，又不是向他借錢，他推託也不推託一聲，就哈哈給我一陣冷笑。他少不了要托我和他跑腿，明的依了他，暗地必須要報復他一下。因笑道：「這又不是領平價米買平價布，這是響應國家儲蓄政策，他要人排班，是免得擠亂了秩序。至於你一個人儲蓄幾份，他何必限制？並沒有聽到說，限制人儲蓄多少兩。那麼，五十兩來一份的可以來，十兩來五份的，有什麼使不得。開的是飯店，難道還怕你大肚子漢。」說著，他又將皮包提起來，點了頭說聲再見。

周榮生一把將他的衣袖抓住，笑道：「你忙什麼的？我們再談幾句。」李步祥將手拍了皮包道：「我這裡面帶了二十萬小額鈔票，夜深了，夾了個大皮包，滿街去跑，那成什麼意思呢？再見吧。」說著，扭轉身子就要走。周榮生還是將他的衣襟拉著，笑著點頭道：「不忙，不忙，換鈔票的事，我和你幫忙就是了。」李步祥道：「你不是說你沒有現鈔嗎？」周榮生拉長了嘴角，笑得鬍渣子直豎起來，抱了拳頭拱拱手道：「山不轉路轉，我沒有現款，我還不能到別處去找款嗎？你在我這裡寬坐十分鐘，我去找點現款來。縱然找不到本票，我也想法去弄些五百元一張的大票子來。」

李步祥覺著獲得了勝利，倒不好意思再彆扭了，笑道：「我的事，怎好要你老兄跑路哩？」周榮生連說是沒關係，安頓著他在屋裡坐下，立刻出去了，出門之後，卻又回頭向屋子裡探望著，笑道：「老兄，你可要等著我呀！」李步祥答應了，他方才放心而去。

約莫是十五分鐘，周榮生滿臉是笑地走了進來，手裡還捏了個小紙卷，他先把紙卷透開，裡面是兩支紙菸，笑道：「老兄，我請客，我在紙菸攤上，特意給你買了二支駱駝牌來。這是盟軍帶來的玩意，我還沒有嘗過呢。」他說著請客，真是請客，這兩支菸全數交給了客人，自己沒有取用。接著在懷裡掏出個手巾包，像是捆著一條鹹麵包似的。

將手巾包打開，裡面果然是兩大捆大額鈔票，有二十元的關金，五百元的鈔票，最小額的也是十元關金。一捲一捲地用麻繞綁好。這日子，大後方的關金，還沒有離開紅運。李步祥正驚訝著，他十幾分鐘，就怎麼弄來許多鈔票。可是那鈔票捆中間還有個變成黃醬色的皮夾子呢。皮夾子的按鈕，大概是不靈，將一根細帶子，把那皮夾子捆了。他解開皮夾子上的帶子，透開皮夾，見裡面是字據鈔票發票什麼都有。他在字據裡面，尋出個白紙扁包兒，再透開，裡面是中央銀行三張本票。他將那本票展給李步祥看是兩萬元的兩張，十萬元的一張，笑道：「你看，這不和你所要換的款子，相差得有限嗎？」

李步祥道：「這帶來的錢，可就多了。」周榮生拱拱手道：「你明天不反正是排班嗎？我就依你的勸，也來個二十兩。一時還湊不到許多錢，明天早上，我到銀行裡去，把錢給你，也免得你晚上負責保管的責任。」

李步祥也只有微笑。周榮生卻誤會了他的意思。因道：「老兄，你覺得我這錢怎麼一下子就拿來了，不是借來的嗎？我就不妨明告訴你，錢是哪裡弄來的。這裡的凱旋舞場經理，和我有點來往，我是在他那裡拿的。我在舞場裡面，還碰到了袁三。下次見著了她，你問問她看，是不是見著了我？」李步祥聽他這話，倒不覺靈機一動，笑道：「我只要你肯幫我忙就很感謝，我何必問你這錢是哪裡來的呢？」說著，他打開皮包，取出了帶著的現款，和周老闆交換鈔票。

周老闆卻是細心，將二十萬元小額鈔票，一張張地點數，每點一萬，放作一疊。直到排好了二十疊，又把疊數，重新點驗過一番。這足足消磨了三十分鐘，李步祥只有坐在旁邊床鋪上瞪了眼望著；等他點驗完了，這才笑問道：「周老闆，沒有什麼錯誤嗎？」周榮生笑道：「你李老闆的款子，還會有什麼短少嗎？」李步祥道：「那麼，我現在要告辭了。」周榮生倒覺得他這樣追著一問，好像有點毛病，於是又把這左手揑的二十疊票子，用右手論疊的掐著數了一遍，笑道：「沒有錯。」

李步祥笑著走出襪子店，在大街上搖著頭，自言自語道地：「這傢伙真小氣，怎麼也發了這樣大的財？」說完這句話，遙遠地聽到有人咳嗽一聲，正是周榮生的聲音，他趕快地就走。

由這裡直穿過一條街，就是凱旋舞廳。這是重慶市上，唯一的有夜市所在。紅綠的電燈泡，嵌在花漆的門框上，排成個彩圈。遠在街上，就聽到一陣西洋音樂聲音傳了出來。這種地方，他戰前就沒有去過，不知道進門有什麼規矩沒有，這麼一猶豫，他不免放緩了腳步，恰好有三個外國兵，笑嘻嘻地走進去。他想，這地方有了外國人，更是有許多規矩，自己穿這麼一身破舊的中山服，是不是可以走進去呢？越考慮，膽子可就越小了，慢慢地走到那大門邊，卻又縮腳走了回來。他自己心裡轉著念頭道：「找袁三，也不過是碰碰機會的事。她未必在這裡面。就是找著了她在跳舞場上，也不是談生意經的所在，算了，回去吧。」他自己感到這個想頭是對的，就打算向回家的路上走，忽然有人在身後叫道：「那不是李老闆？」他回轉一頭來一看，正是袁三小姐。便點著頭道：「好極了。在這裡遇到了三小姐。」

她站在電燈照耀的舞場門口，向他招了兩招手，笑道：「過來。老范有什麼話托你轉告我嗎？」李步祥就近兩步笑道：「我有點事和三小姐商量商量。特意來找你來了。」袁三搖搖頭道：「那不對吧？我走出門來的時候看到你是向那邊走的。」李步祥笑道：「誰說不是？我沒有進過舞場，走到門口沒有敢進去。」袁三笑道：「你這塊廢料。說吧，有什麼事找我？」

李步祥回頭看看，身後並沒有人，笑道：「實不相瞞，這兩天我犯了一點財迷。聽說下個月一號，黃金就要漲價了。我們得搶著買，我想明天到銀行裡去排班，要買點黃金儲蓄。不過直到今天下午，我還只湊到了十來萬元，想買十兩，還差點款子。三小姐，你能不能幫我一點忙，借幾萬元給我。我多則半個月，少則一禮拜……」

袁三不等他說完，攔著道：「什麼多則少則，我向人家借錢，向來就沒有打算還，要不然，你袁三小姐，沒有田地房產，又沒有字號買賣，這日子怎麼過？人家借我的錢我也不打算叫人家還。你說，你打算借多少？」說著，她將薄呢大衣的領子，向上提了一提，人就在街上走著。她穿的是跳舞的高跟皮鞋，路面是不大平的，她走得身子前仰後合，李步祥看著，這簡直就是跳舞。加之夜靜了，空氣沉寂著，她身上那化妝品的香氣，一陣陣的向人鼻子裡送著。他不敢隨著袁小姐太近了，在五六尺以外跟著。袁三站住了，回轉身來問道：「怎麼回事，你怕我吃了你嗎？走得這樣遠，你說什麼，我簡直沒有聽到。」

李步祥只好走近了兩步，笑道：「我沒有開口呢。袁小姐說是我借錢不打算還，那讓我說什麼是好呢？」袁三道：「這是我的話，你不要管，你說，你打算和我要多少錢。反正這樣深夜讓你來找我借錢，不能要你白跑。」李步祥道：「那麼，三小姐借我五萬元吧。」她搖搖頭：「不行，那太多了。送你兩萬。我有個條件，今晚這街上找不到車子，不知什麼事，車子都躲起來了。你送我回家，行不行？」說著，把夾在肋下的皮包抽出，打開來，隨手抽了兩疊鈔票交給他。李步祥的目的雖不止這些，但有了兩萬元，又可多買一兩金子，她說了不用還，白撿的東西，倒不必拘謹。於是道了聲謝，將款子接過。

袁三道：「你隨著我走吧，沒有關係。我在跳舞廳裡摟著男人跳舞，也算不了什麼。你跟著後面，你會怕有人說你閒話。就有這個閒話，人家說是有一天晚上，李步祥跟著袁三由跳舞廳裡出來，在馬上同走。你想，這就是個謠言，你也豔福不淺。你不覺著人家說袁三和你有關係你感到有面子嗎？」李步祥哈了一聲，接著說了三個字：「我的天。」袁三也就嗤嗤地笑了，向他招招手道：「廢料，來吧。」

李步祥真不敢再說什麼，像鴨子踩水似的，跟了她後面，穿過幾條街巷。但默然地不敢說話。但是果然不說話，又怕袁三見笑，只是偶然地咳嗽一半聲。怎麼是半聲呢，因他的嗓子使勁不大，沒有咳嗽得出來。袁三在路上，倒笑了好幾回。到了她的門口，她笑道：「李老闆，夠你作蹩子的了，你回去吧。」李步祥如得了皇恩大赦，深深地點了個頭，轉身向寓所裡走。

他在路上寂寞地走著，也就不斷地想了心事消遣。他想著，本來是碰碰運氣，想著未必就向袁三借得到錢，倒不料居然借得了兩萬元。她借四萬也好，可以多買二兩金子。她只借兩萬，現在連自己的老本是買十一兩，這數目字不大合胃口，若能買十二兩，湊成一打的數目就比較有趣，話又說回來了，白撿一兩金子，六個月後，錢又翻個身，也總是有趣的事，想著想著，他自己笑起來了。身旁忽然有人問道：「作啥子的？」

看時，是街上站的警察，因站住道：「作買賣的回家去，有事問我嗎？」警察道：「你為啥子個人走路，個人發笑？」李步祥道：「我在朋友家裡來，他們說了許多笑話，我走著想了好笑。」警察道：「我怕你是個瘋子。」李步祥笑道：「我一點不瘋，多謝關照了。」

他點了頭走去，他又想著，還是規規矩矩地走吧。這樣夜深，身上帶了二十幾萬現款，可別出了亂子。這樣想著，也就沉靜地，緩緩走回寓所。但他已不敢走小巷子，繞了路順著電燈明亮的大街走。

經過一個長途巴士站，見十來個攤販，亮著化石燈在風露下賣食物，起半夜買車票的人，紛紛圍著擔子吃東西。他忽然想起一件事，是沒有吃晚飯到陶伯笙家去的，以後就忙著談金子的事，還沒有吃飯呢。面前一副擔子是賣豆漿的，鐵鍋裡熱氣上升。有個人端了碗豆漿泡著粗油條吃，不覺胃裡一陣飢火上湧。可是想過去吃點東西，那回家是太晚了。附近也有個爐子，鐵絲絡上，烤著饅頭。瞧在眼裡，不由得饞出口水來，正想掏錢去買兩枚。但想到皮包裡的錢，整疊地包捆在一束，若掏出二十來萬元來，抽出兩張發票子來買東西，夜深行路有背財不露白之戒。這個險冒不得，就忍著餓走了過去。

第九回　排隊

這位冒夜為買金子而奔波的李老闆，精神寄託在金子翻身的希望上，累不知道，餓也不知道，徑直地帶著二十萬款子，奔回寓所去。這個堆棧裡的寓公，買金子的份子不多，到了這樣夜深，大家也就安息了。李步祥到了那通樓裡面時，所有的人都睡著了，他想對那兩個學徒打個招呼，站在屋中間向那床鋪上看去，見他們睡著動也不動，呼嚕呼嚕，各打著鼾呼聲。心想人家勞累了一天，明日還要早起去上操，這就不必去驚動他們了。加之自己肚子還餓著，馬上就睡也可以把這餓忘了。

他匆匆地脫了衣褲，扯著床鋪上的被；將頭和身體一蓋，就這樣地睡了。不多一會工夫，同寓的人大家笑著喊著：「李老闆買十兩金子，銀行裡弄錯給寫了二百兩，這財發大了，請客請客。」他笑道：「哪裡有這話，你們把銀行行員看得也太馬虎了。」口裡雖是這樣說著，伸手摸摸衣袋裡，覺得就是邦邦硬的東西塞滿了。順手掏出來一塊就是十兩重的一條金子。同寓的人笑道：「這可不是金子嗎？請客請客。」說請客，請客的東西也就來了。廚子老王將整大碗的紅燒肉，和整托盤的白麵饅頭，都向桌子上放著。李步祥順手取了個大饅頭，筷子夾著一大塊紅燒肉，就向口裡塞了進去，肉固然是好吃，那饅頭也特別好吃，吃得非常的香，忽然有人叫道：「你們哪個買苗金？這是國有的東西，你們犯法了，跟我上警察局。」李步祥聽到這話，大大地嚇了一跳，人被提去了不要緊，若是所有的黃金都讓人抄了去，那豈不是白費一場心力。焦急著，就要把枕頭底下的金子拿起了逃跑。不想兩腳被人抓住，無論怎樣掙不脫。直待自己急得打了個翻身，這才明白，原來是在床上作夢呢。

警察捉人的這一驚，和吃饅頭夾紅燒肉的一樂，睜眸躺在床上，還是都在眼前擺著一樣。買金子的事罷了，反正錢在手上，自己還沒有去買呢？只是那白饅頭紅燒肉的事，可叫人忘不了，因為醒過來之後，肚子裡又鬧著饑荒了。那夢裡的紅燒肉，實在讓人欣慕不置。他急得嚥下了兩次口水，只好翻個身睡去，矇朧朧中聽到那兩學徒，已穿衣下床，這也就猛可地坐了起來。甲學徒笑道：「說到買金子，硬是比我們上操的命令還要來得有勁喀，李先生都起來了。」

李步祥看看窗子外面還是漆黑的。因道：「我是受人之託，忠人之事，我還要去叫醒一個朋友呢。」他說著，心裡是決定了這樣辦，倒也不管人家是否訕笑。先就在床底下摸出臉盆手巾漱口盂，匆匆地就向灶房裡去。

這灶房裡為著早起的兩位國民兵，常是預備下一壺開水，放在灶上，一鉢冷飯，一碟鹹菜，用大瓦盆扣在案板上。重慶的耗子，像麻雀一樣多，像小貓一樣大，非如此，吃食不能留過夜。李步祥是知道這情形的，扭開了電燈，接著就掀開瓦鉢子來看。見了大鉢子扣著小鉢子的白米飯，他情不自禁地，就抓了個飯糰塞到嘴裡，嚼也不曾嚼，就一伸脖子嚥了下去，這覺得比什麼都有味。趕快倒了冷熱水，將臉盆放在灶頭上漱洗，自然只有五六分鐘，就算完畢，這就拿了筷子碗，盛了冷飯在案板前吃。

兩個學徒都也拿了臉盆來了。甲笑道：「我還只猜到一半喀，我說灶上的熱水李先生要倒光。不想到這冷飯粑李先生也吃。不忙，摻點開水嗎。我們不吃，也不生關係。」李步祥聽了，倒有點難為情，因笑道：「實不相瞞，昨晚上我忙得沒有吃飯。簡直作夢都在吃飯。」兩個學徒，自不便和他再說什麼。

李步祥吃了兩碗冷飯，也不好意思再吃了。再回到樓上，打算把那位要去買大批黃金儲蓄的陳先生叫醒。到那床頭面前一看，卻是無人，而且鋪蓋卷也不曾打開，乾脆，人家是連夜去辦這件事去了。他這一刺激，更透著興奮，便將皮包裡現鈔，重複點數兩遍，覺得沒有錯誤了，夾著皮包就向大街走。

這正是早霧瀰漫的時候不見天色。因為重慶春季的霧和冬季的霧不同。冬季是整日黑沉沉的，像是將夜的時間。春季的霧起自半夜，可能早間八九點鐘就消失，它不是黑的，也不會高升，只是白茫茫的一片雲煙，罩在地上。在野外，並可以看到霧像天上的雲團，捲著陣勢，向面前撲來。天將亮未亮，正是霧勢濃重的時候。馬路兩旁的人家，全讓白霧埋了，只有面前五尺以內，才有東西可以看清。電杆上的路燈，在白霧裡只發出一團黃光，路上除了趕早操的國民兵，偶然在一處聚結，此外都是無人。

李步祥放開了步子，在空洞的大街上跑，徑直地向陶伯笙家走去。到了那裡，天也就快亮了，在雲霧縹緲裡面，那雜貨店緊緊地閉上了兩扇木板門。他雖然知道這時候敲人家的店門，是最不受歡迎的事，可是和陶伯笙有約，不能不去叫起他。只得硬了頭皮冬冬地將門捶上幾下，到底陶伯笙也是有心人，在他敲門不到五分鐘，他就開門迎他進去了。經過那雜貨店店堂的時候，櫃檯裡搭著小鋪睡覺的人，卻把頭縮在被裡嘰咕著道：「啥子事這樣亂整？那裡有金子搶嗎？」

李步祥跟著主人到屋子裡，低聲問道：「他們知道我們買金子？」陶伯笙笑道：「他們不過是譬方話說說罷了。」說著自行到廚房裡去盥水洗臉沖茶，又捧出了幾個甜麵包來，請客人用早點。李步祥道：「昨晚上你也沒有吃晚飯？這一晚，可真餓得難受。」

陶伯笙倒不解何以有此一問，正詫異著，還不曾回問過來。卻聽到門外有人接嘴道：「陶先生還沒有走啦，那就很好。」隨著這話進來的是隔壁魏太太。陶伯笙笑道：「啊！魏太太這樣早？」她似乎長衣服都沒有扣好，外面將呢大衣緊緊地裹著，兩手插在大衣袋裡。她扛了兩扛肩膀，笑道：「我不和你們犯了一樣毛病嗎？」陶伯笙道：「魏太太也預備作黃金儲蓄？要幾兩？你把錢交給我吧，我一定代勞。」魏太太搖搖頭道：「日子還過不下去，哪裡來的錢買金子？我說和你們犯一樣的毛病，是失眠症，並不是黃金迷。」

陶伯笙道：「可是魏太太這樣早來了必有所謂。」她笑了一笑道：「那自然。有道是不為利息，誰肯早起？我聽說你是和范先生辦黃金儲蓄的，今天一定可以見到面。我托你帶個信給他，我借他的兩萬元，這兩天，手上實在是窘，還不出來，可否讓我緩一步還他？」陶伯笙笑道：「賭博場上的錢，何必那樣認真？而且老范是整百兩買金子的人，這一點點小款子，你何必老早的起來托我轉商？我相信他不在乎。」魏太太道：「那可不能那樣說。無論是在什麼地方，我是親手在人家那裡借了兩萬元來的。借債的還錢……」

陶伯笙正在撿理著本票現鈔，向大皮包裡放著。他很怕這大數目有什麼錯誤，不願魏太太從中打攪，便搖手攔著道：「你的意思，我完全明白，不用多說了。我今天見著他，一定把你的話轉達，可是我要見不著他呢，是不是耽誤你的事？你這樣起早自然是急於要將這句話轉達到那裡去。我看你還是自己去一趟吧。我寫個地點給你。」說著，他取出西服口袋裡的自來水筆，將自己的卡片，寫了兩行字在上面。因道：「上午十一點到十二點，下午三點到五點，他總會在寫字間坐一會子的。」

魏太太接過名片看了一看，笑道：「老范還有寫字間呢。」陶伯笙道：「那是什麼話。人家作到幾千萬的生意，會連一個接洽買賣的地方沒有嗎？」他口裡雖然是這樣說話，手上的動作，還是很忙的。說著，把皮包夾在肋下，手裡還捏了半個小麵包向嘴裡塞了去。

魏太太知道人家是去搶買金子，事關重大，也就不再和他說話。陶伯笙匆匆地走出大門，天色已經大亮。李步祥又吃了三個小麵包，又喝了一碗熱開水，肚子裡已經很是充實。跟在陶伯笙後面，由濃霧裡鑽著走。

街上的店戶，當然還是沒有開門，除了遇到成群的早操壯丁，還是很少見著行人。陶伯笙道：「老李，現在還不到七點鐘，我們來得早一點了吧？」他笑道：「我們挨廟門進，上頭一炷香，早早辦完了手續回家，先苦後甜不也很好嗎？」陶伯笙道：「那也好，反正走來了還有走回去之理？」

兩人穿過了兩條街，見十字街頭，有群人影子，在白霧裡晃動，其初也以為是上早操的。到了附近，看出來了，全是便裝市民，而且有女人，也有老人。他們挨著人家屋簷下，一字兒成單行站著。有些人手上，還捏著一疊鈔票。陶伯笙道：「怎麼著，這個地方也可以登記嗎？」

李步祥哈哈笑道：「老兄，你也不看人家穿些什麼衣服，臉上有沒有血色嗎？他們全是來擠平價布的。你向來沒有起過大早，所以沒見過。這前面是花紗局一個平價供應站，經常每日早上，有這些人來排班擠著的。擠到了櫃檯邊每人可以出六七成的市價買到一丈五尺布。布有黑的，有藍的，也有白的，但都粗得很，反正我們不好意思穿上身，所以你也就不會注意到這件事。」

陶伯笙聽他這話，向前走著看去，果然關著鋪門的門板上，貼了不少布告，機關沒有開門，那機關牌子，也就沒有掛出來。那些在屋簷下排班的市民，一個接著一個，後面人的胸脯緊貼了前面人的脊梁，後面人的眼睛望了前面人的後腦勺，大家像是發了神經病似地這樣站著。陶伯笙笑道：「為了這一丈五尺便宜布，這樣早的在這裡發呆，穿不起新衣服，就少穿一件衣服吧。」

李步祥道：「你這又是外行話了。在這裡擠平價布的人，哪裡全是買了布自己去穿？他們裡面，總有一半是作倒把生意的，買到了布，再又轉手去賣給別人。」陶伯笙道：「這不是要憑身分證，才可以買到的嗎？」他道：「有時候也可以不要身分證，就是要身分證，他們配給的人，根本是連罵帶喝，人頭上遞錢，人頭上遞布，憑一張身分證，每月配給一回，既不問話，也不對相片，倒把的人，親戚朋友裡面，什麼地方借不到身分證？所以他們每天來擠一次，比作什麼小生意都強。」

他還要繼續地談。陶伯笙猛可地省悟過來，笑道：「老兄，我們來晚了，快走吧。你想只一丈五尺平價布的事情，人家還是這樣天不亮來排班，我們作的那買賣，怎麼能和這東西打比，恐怕那大門口已是擠破了頭了。」李步祥說句不見得，可也就提開了腳步走。一口氣跑到中央銀行附近，在白霧漫漫的街上，早看到店鋪屋簷下，有一串排班的人影，陶伯笙跌著腳先說聲：「糟了。」

原來重慶的中央銀行，在一條幹路的橫街上，叫打銅街。這條橫街，只有三四幢立體式洋樓。他兩人一看這排班的人，已是拉著一字長蛇陣轉過彎來，橫彎到了幹路的民族路上。兩人且不排班，先站到了橫街頭上，向那邊張望一下。見那長蛇陣陣頭，已是伸進到白霧裡去，銀行大門還看不見呢。但二人依然不放心這個看法，還是走向前去。直到銀行門外，看清楚了人家是雙扉緊閉。

站在門外的第一個人，二十來歲，身穿藍布大褂，端端正正的，將一頂陳舊的盆式呢帽，戴在腦袋頂上，像個店夥的樣子。陶伯笙低聲道：「老李，你看，這種人也來買黃金儲蓄。」他笑道：「你不要外行。這是代表老闆來站班的。到了時候，老闆自然會上場。我們快去上班吧。」說著，趕快由蛇頭跑向蛇尾。就在他們這樣走上去的時候，就有四五個人向陣尾上加了進去。陶伯笙道：「好！我們這觀陣一番，起碼是落伍在十人以後了。」於是李先生在前，陶先生在後，立刻向長蛇陣尾加入。

這是馬路的人行便路上。重慶的現代都市化，雖是具體而微的，但因為和上海漢口在揚子江邊一條線上，所以大都市裡要有的東西，大概都有。他們所站的是水泥面路，經過昨晚和今晨的濃霧浸潤，已是溼黏黏的，而空間的宿霧，又沒有收盡，稀薄的白煙，在街頭移動，落到人身上和臉上，似乎有一種涼意。

陶李二人初站半小時的一階段，倒沒有什麼感覺，反正在街上等候長途巴士，那也是常事。可是到了半多時後，就漸漸地感到不好受。第一是這個站班，不如等汽車那樣自由，愛等就等，不等就叫人力車走，現在站上了可不敢離開，回頭看看陣腳，又拉長了十家鋪面以上，站的陣尾，變成陣中段了。這越發不敢走開，離開再加入，就是百十個單位的退後。第二是這溼黏黏的水泥便道和人腳下的皮鞋硬碰硬，已是不大好受，加之有股涼氣由腳心裡向上冒，讓人極不舒服。說也奇怪，站著應該兩條腿吃力，站久了，卻讓脊梁骨也吃力。坐是沒有坐的地方的，橫過來站著，又妨礙著前後站著的鄰居，唯一的法子，只有把身體斜站著。斜站了不合適，就蹲在地下。

陶伯笙是個瘦子，最不能讓身體受疲勞。他這樣站班，還是第一次，在不能支持的情況下，只好蹲著了。可是他個子小，蹲了下去，更顯著小，整條長蛇陣的當中，有這麼個人蹲著，簡直沒有人理會腳底下有人。但在人陣當中蹲下去一個人，究竟是有空當的。陶伯笙的前面是李步祥，是個胖子，倒可抵了視線。他後面恰是個中年婦人，婦人後面，又是個小個人，在最後面的人，看到前面有空當，以為有人出缺，就向前推，那婦人向前一歪，幾乎壓在陶伯笙身上。嚇得他立刻站了起來，大叫道：「擠不得，亂了秩序，警察會來趕出班去的。」

那婦人身子扭了兩扭，也罵道：「擠什麼？」她接著說了句成語道：「那裡有金子搶嗎？」人叢中有兩位幽默地笑道：「可不就為了這個，前面中央銀行裡就有金子。不過搶字加上個買字罷了。不為搶金子，還不來呢。」於是很多人隨著笑了。李步祥回轉頭來向陶伯笙道：「硬邦邦筆挺挺站在這裡，真是枯燥無味，來一點噱頭也好。」老陶沒有說什麼話，笑著搖了兩搖頭。

又是二十分鐘，來了救星了。乃是賣報的販子，肋下夾了一大疊報，到陣頭上來作投機生意。陶李兩人同時招手，叫著買報。可是其他站班的人，也和他二人一樣，全覺得無聊，急於要找報紙來解悶，招著手要報的人，就有全隊的半數。那報販子反正知道他們不能離開崗位，又沒有第二個同行。他竟是挨著單位，一個個地賣了過來。

好容易賣到身邊，才知道是重慶最沒有地位的一張報紙，平常連報名字都不大聽到過。但是現在也不問它了，兩人各買了一張，站著捧了看。先是看要聞，後是看社會新聞。戰時的重慶報紙，是沒有副刊的，最後，只好看那向不關心的社論了。直把全張報紙看完，兩手都有些不能負荷，便把報紙疊了，放在衣袋裡。

陶伯笙向李步祥搖頭道：「這日子真不容易挨，我覺得比在防空洞裡的時候要難過些。」李步祥笑道：「那究竟比躲防空洞滋味好些。到少，這用不著害怕。」在李步祥面前的，正是一位北方朋友，高大的個子，方面大耳，看他平素為人，大概都幹著爽快一類的事情。他將兩手抱住身上穿的草綠呢中山服，一擺頭道：「他媽的，搭什麼架子，還不開門。咱們把他揍開來。」

李步祥把身上的馬錶掏出來看看，笑道：「倒不能怨人家銀行，才八點鐘呢。銀行向來是九點鐘開門的。」那北方朋友道：「他看到大門外站了這多人，不會早點開門嗎？早開門早完事，他自己也痛快吧。我真想不幹了。」說著，抬出了一隻腳去。

李步祥道：「老兄，你來得比我還早。現在銀行快開門了。你這個時候走豈不是前功盡棄？你離開了這隊伍，再想擠進來，那是不行的。」那位北方人聽了這話，又把腳縮了回去。笑著搖搖頭道：「我自己無所謂，有錢在手，不作黃金儲蓄，還怕作不到別的生意嗎？唉！可是家家有本難念的經。我想這隊伍裡面，一定有不少同志，都奉了內閣的命令來辦理。今天要是定不到黃金儲蓄，回到家裡，就是個漏子。」他這麼一說，前後好幾位都笑了。

又過了二十來分鐘，隊伍前面一陣紛擾，人也就是一陣洶湧。可是究竟有錢買金子的人和買平價布的人不同，陣線雖然動了，卻是一直線地向前移進，並沒有哪個離開了陣線在陣外搶先。李步祥隨了北方人的腳跟，陶伯笙又隨了他的腳跟，在水泥路面上，移著步子。

這時，宿霧已完全消失，東方高升的太陽，照著面前五層高樓的中央銀行巍巍在外。銀行門口，根本就有兩道鐵欄杆，是分開行人進出路線的。這個掘金隊，一串的人，由鐵欄杆夾縫裡，溜進中央銀行大門。門口已有兩名警察兩名憲兵，全副武裝分立在門兩邊，加以保護。他們看了這些人，好像看到了卓別林主演的《淘金記》一樣，都忍不住一種輕薄的微笑。眼光也就向每個排隊的黃金儲戶臉上射著。陶伯笙見人家眼光射到他身上，也有點難為情。但轉念一想，來的也不是我陶某一個人，我又不是偷金子來了，怕什麼？於是正著面孔走了過去。

恰好，到了銀行門口，那個大隊伍，已停止了前進，他就這樣地站在憲警的監視之下。前面的那個北方人，就站在門圈子下，可以看到銀行裡面，回轉頭來笑道：「好嗎？銀行裡面，隊伍排了個圈子，讓那一圈人把手續辦完了，才能臨到我們，這不知要挨到什麼時候了。」

李步祥回頭看看，見這長蛇陣的尾巴，已拖過了橫街的街口。便笑道：「我們不要不知足，在我們後面，還拖著一條長尾巴呢。」北方人道：「對了，我們把那長期抗戰的精神拿出來，不怕不得著最後的勝利。」這連那幾位憲警也都被引著笑了。

他們在門口等了十來分鐘，慢慢地向前移動，陶伯笙終於也進了銀行的大門內。不過在進門以後，他又開始感到了一點渺茫。原來這銀行正面是一排大櫃檯子，在那東角銅欄杆上，貼出了白紙大字條，乃是黃金儲蓄處。來儲蓄的人，由門口進去向北，繞了大廳中間幾張填單據的寫字臺，折而向東，直達到牆邊，再把陣頭，引向黃金儲蓄處。人家銀行，還有其他許多業務要辦，不能讓儲蓄黃金的人，都把地位占了，所以這個隊伍曲曲折折地在銀行大廳裡閃開著路來排陣的。因為如此，在前面櫃檯邊辦理手續的人，都讓這長蛇陣的中段，在中間橫斷了。他們是一切什麼手續，後面全看不到。進了銀行，還不知道事情怎樣的進行，自然又焦急起來，一個個昂著頭，豎著腳尖，不斷地向前看。有嘆氣聲，也就有笑聲。有埋怨聲，但走開的卻沒有一個。究竟是金子克服了一切。

第十回　半日工夫

在四十分鐘以後，陶李二人挨著班次向上移，已移到了銀行大廳的中間，這也就可以看到靠近的櫃檯了。大概這些人每人手上都拿了幾張本票，雖也有揹著大包袱，包著整捆的鈔票的，恰好都是女人，似乎是女人交現鈔就沒有什麼麻煩。在儲蓄黃金的窗戶左隔壁，常有人過去取一張白紙票，然後皇皇然跑回這邊窗戶。但跑回來，那後面的人，就占了他和櫃檯內接洽的位置，因此總是發生爭議。經過了幾個人的交涉局面，也就看出情形來了。那張白紙是讓人填寫儲戶和儲金多少的。有些人在家裡就寫好了來的，自不必再寫。有些人根本沒預備這件事，過去取得了紙，又要到大廳中間填寫單據的桌子上找了筆來填寫。在他後面填好了單子的人，自不會呆等，就越級竟自向櫃上交款了。因之填寫單子的人，回頭再來隊伍頭上，總得和排班買金子的人，費一番口舌。

陶伯笙看到，就向李步祥道：「這事有點傷腦筋。我們都沒有填單子，離開隊伍去填寫，後面人就到了那櫃檯窗眼下。這是一個跟著一個上去的陣線，我們回來，站在那個人面前交款，人家也不願意。這只有我們兩人合作。我站著隊伍前面不動，你去填單子，填來了，你依然站在我前面。」李步祥搖搖頭笑道：「不妥，你看誰不是站班幾點鐘的人，到了櫃檯邊，你壓住陣頭不辦理手續，呆站著等我填單子，後面的人，肯呆望著嗎？」陶伯笙搔搔鬢髮，笑道：「這倒沒有什麼比較好的法子。」

那前面的北方人笑道：「不忙，自然有法子，只要花幾個小錢而已。」陶李二人，正還疑心這話，這就真有一個解決困難的人走過來了。這人約莫是三十多歲，黃瘦了一張尖臉，毛刺刺的，長了滿腮的鬍樁子。頭上蓬鬆了一把亂髮，乾燥焦黃的向後梳著。由下巴頦到頸脖子上，全是灰黑的汗漬。身穿一件舊藍布大褂，像米家山水畫，淡一塊濃一塊的黑跡牽連著。扛了兩隻肩膀，越是把這件藍布大褂飄蕩著托在身上。他口裡銜了一截五分長的菸卷，根本是早已熄滅了，然而他還銜在口角上。他左手託了一隻舊得變成土色的銅墨盒，右手拿了一疊紙和一支筆，挨著黃金儲蓄隊走著，像那算命卜課先生兜攬生意，口裡唸唸有詞道地：「哪位要填單子，我可以代勞，五兩以下，取費一百元，五兩以上二百元，十兩以上三百元。十五兩以上四百元。二十兩以上統取五百元。」

北方人笑道：「你這倒好，來個累積抽稅。二十兩以上，統是五百元，我儲五百兩，你也只要五百元嗎？」他要死不活的樣子，站住腳，答道：「怕不願意多要？財神爺可就說話了，寫那麼一張紙片就要千兒八百元嗎？」北方人還要和他打趣幾句，已經有人在隊伍裡，把他叫去寫單子了。

李步祥笑道：「這倒是個投機生意。他筆墨紙硯現成，陶兄，我們就照顧他兩筆生意吧。」那傢伙在隊伍那頭替人填單子，已是聽到這議論了。他倒無須叫著，已是走過來了。向李步祥點了頭道：「你先生貴姓？」他說話時，那銜在嘴角上五分長的菸卷，竟是不曾跌落，隨了嘴唇上下顫動。

李步祥笑道：「不多不少，我正好想儲蓄二十兩，正達到你最高價格的水準。」他尖嘴唇裡，笑出黃色的牙齒來，半哈著腰道：「老闆，你們發財，我們沾沾光嗎？你還在乎這五百元。」李步祥想著為省事起見，也就不和他計較多少，就告訴姓名，和儲金的數目。這傢伙將紙鋪在地上，蹲了下去，提了筆填寫。填完了，將紙片交給李步祥，取去五百元。看那字跡，倒也寫得端正。李步祥便道：「字寫得不錯，你老兄大概很念了幾年書，不然，也想不出這個好主意。」那人嘆了口氣道：「不要見笑，還不是沒有法子？」

那北方人也笑道：「我倒還想起有個投機生意可做。誰要帶了幾十張小凳子到這裡出租，每小時二百元，包不落空。」前後的人都笑了。這個插曲，算是消遣了十來分鐘，可是那邊櫃檯上，五分鐘辦不完一個儲戶的手續，陶李二人站了兩小時，還只排班排到東邊牆腳下，去那櫃檯儲戶窗戶邊還有一大截路。筆挺地站著，實在感到無聊，兩人又都掏出口袋裡的報紙來看。李步祥笑道：「我看報，向來是馬馬糊糊，今天這張報，我已看了四遍，連廣告上的賣五淋白濁藥的文字，我都一字不漏看過了。今天我不但對得起報館裡編輯先生，就是登廣告的商家，今天這筆錢，都沒有白花。」

陶伯笙道：「我們總算對得起自己事業的了，不怕餓，不怕渴，還是不怕罰站。記得小的時候，在學校裡淘氣，只站十來分鐘，我就要哭。於今站上幾點鐘，我們也一點不在乎。」李步祥搖著頭，嘆了口無聲的氣，接著又笑上了一笑。笑過之後，他只把口袋裡裝著的報紙，又抽出來展開著看。他的身體微斜著，扭了頸脖子，把眼睛斜望了報紙。陶伯笙笑道：「你這樣看報舒服嗎？」李步祥笑道：「站在這裡，老是一個姿勢，更不舒服。」他這句話，說得前後幾個人都哈哈大笑了。

又是二十來分鐘，又挨進了幾尺路。卻見魏太太由大門口走進來，像是尋人的樣子，站在大廳中間，東張西望。陶伯笙不免多事，抬起一隻手伸過了頭，向她連連招了幾下，魏太太看到人頭上那隻手，也就同時看到了陶先生，立刻笑著走過來，因道：「你們還站在這裡嗎？快十一點鐘了。」

陶伯笙搖搖頭道：「有什麼法子呢？我們是七點多鐘排班的。八，九，十，十一，好，共是四小時；坐飛機的話，到了昆明多時了。」李步祥道：「若說是到成都，就打了個來回了。」魏太太周圍看了一看，低聲笑道：「陶先生，你一個人來幾份？」他道：「我全是和老范辦事，自己沒有本錢。怎麼著？魏太太要儲蓄幾兩。我可以代勞。你只用到那邊櫃檯上去拿著紙片，填上姓名，註明儲金多少，連錢和支票都交給我，我就和你遞上。快了，再有半點鐘，也就輪到我們了。」魏太太道：「我本來也沒有資本。剛才有筆小款子由我手裡經過，我先移動過來四萬元，也買二兩玩玩。我想，陶先生已經辦完手續了，所以走來碰碰看。既然是……」

陶伯笙攔她道：「沒有問題。你去填寫單子，這事交給我全權辦理了。」魏太太笑著點了兩點頭，立刻跑到那面去領紙填字，然後掏了四萬元法幣，統通交到陶伯笙手上。他道：「魏太太，這個地方，不大好受，你請便吧。大概在半小時以內，還不能輪著我的班。」魏太太站在旁邊，兩手插在大衣袋，提起腳後跟，將腳尖在地面上顫動著，只是向陶先生看看。

陶先生道：「魏太太，你請便吧。我們熬到了九十多步，還有幾步路，索性走向前去了。」魏太太道：「二位有香菸嗎？」她說這話時，連李步祥也看了一眼。李步祥倒是知道好歹，便向她半鞠躬道：「紙菸是有，只是站得久了，沒有滴水下嚥。」魏太太點著頭，表示一個有辦法的樣子，扭轉身就走了。陶李二人，當時也沒有加以理會，不到幾分鐘，她走了進來，一手提了手巾包過來。她將這兩個手巾包，都遞給了陶先生，笑道：「我算勞軍吧。」他解開來看時，一包是橘子，一包是雞蛋糕。陶先生說道：「這就太可謝了。」魏太太道：「回頭再見吧。」她自走了。

她到這裡，倒是有兩件事，一件事託人儲蓄二兩黃金。二來是去看范寶華，說明這幾天還不能歸還他兩萬元的債。現在辦完了一件事，又繼續地去辦另一件事，范寶華的寫字間，正離著中央銀行不遠。魏太太到了那裡，卻是一幢鋼骨水泥的洋樓，樓下是一所貿易行，櫃檯裡面，橫一張直一張的寫字臺全坐滿了人，人家不是打算盤，就是低了頭記帳，魏太太看看這樣子，不是來作生意，很不便人家問話。站著躊躇了一會子，只有幾個人陸續地繞著櫃檯，向一面盤梯上走了去。同時，那裡也有人陸續的出來，這並沒有什麼人過問。

魏太太覺得在這裡躊躇著久了，反是不妥，也就順了盤梯走去。在樓梯上，看到有工人提了箱子，在前引路，後面跟了一位穿西服的，兩手插在大衣袋裡，走著說話道：「老王，二層樓上，來來往往的人多，我下鄉去了，你得好好地鎖著門，小心丟了東西。」魏太太這麼一聽這也就知道二層樓上是相當雜亂的，在樓下那番慎重，那倒是多餘的了，於是大著步子向二樓上走著。

上得樓來，是一條房子夾峙的甬道，兩旁的房子，有關著門的，也有掩著門的，掛著木牌，或貼著字條，果然都是寫字間。這就不必向什麼人打聽了，挨著各間房門看了去。見有扇門上，掛著黑漆牌子，嵌著福記兩個金字，她知道這就是范寶華的寫字間哩，見門是虛掩的，就輕輕的在門板上敲了幾下，但裡面並沒有人答應。於是重重地敲了幾下，還是沒有人答應。這就手扶了門，輕輕地向裡推著，推得夠走進去一個人的時候，便將半截身子探了進去。

看時，一間四方的屋子，左邊擺了寫字臺和寫字椅，右邊是套沙發。有個工友模樣的人，伏在沙發靠手上，呼呼的打著鼾聲，正是睡得很酣呢。魏太太看這裡並無第二個人，只得挨了門走進去，站在工友面前，大聲叫了幾句，那工友猛可地驚醒，問是找哪個的。魏太太道：「我有事和范先生商量。」那工友已隨范寶華有日，他自然知道主人是歡迎女賓的，便道：「他到三層樓去了。你坐一下，我去叫他來。」說著，掩上門就走了，魏太太單獨地站在這屋子裡，倒不知怎樣是好，看到寫字臺上放了一張報，這就順手拿起來看，報拿起來了，卻落下一張字條。

她彎腰在樓板上拾起，不免順便看了一眼。那字條上寫道：「後日下午二時，在南岸舍下，再湊合一局。參加者有男有女，歡迎吾兄再約一二友人加入。弟羅致明啟。」看完了，把字條依然放在桌上，心裡想道：又是這姓羅的在邀賭。這傢伙的唆哈，打得是真狠，不贏回他幾個錢實在不能甘心。他倒贏出甜頭來了，又要在家裡開賭場了。

正沉思著，范寶華笑嘻嘻地進來了。他進來之後，看到是魏太太，卻猛可地把笑容收起來了，他似乎沒有料想到來的女賓是她，便笑著點頭道：「請坐請坐，想不到的貴客。」魏太太道：「我有一件在范先生認為是小事，我可認為是很大的一件事，要和范先生商量商量。」他笑道：「請說吧，只要我認為是可以幫忙的無不幫忙。」

魏太太坐著，牽牽大衣襟，又輕輕撲了衣襟上兩下灰塵。然後笑道：「上次在賭場上移用了范先生兩萬元，本來下場就該奉還的。無奈我這幾天，手頭上是窘迫得厲害。」范寶華不等她說完，便攔著道：「那太沒有關係了。隨便哪天有便交還我都可以。我們也不是從今以後就不共場面了。」

魏太太道：「那不然，我是在范先生手上借的錢，又不是輸給范先生的錢，怎好到賭博場上去兌帳。」范寶華笑道：「魏太太倒是君子得很。有些人只要是在賭博上的帳，管你是借的，或者是贏的，總是賴了一鼻子灰。」說著，在旁邊沙發上坐了，在衣袋裡掏出菸盒子來，打開盒蓋，送到她的面前。她搖搖手道：「我不吸菸。」范寶華道：「打牌的時候，你不也是吸菸的嗎？」她道：「打牌的時候，我是吸菸的。那完全是提神的作用。」

范寶華道：「提到打牌，我就想起一件事。羅致明昨天來了一封信，約我明天到他家裡去打牌，他太太也參加，大概有幾位女賓在場。魏太太有意思去嗎？」她笑道：「是嗎？羅太太我們倒是很熟的，上次不是我們在她家裡打牌，有人拿過一個同花順？」范寶華笑著一拍腿道：「對的，這件事，給我們的印象太深了。你去不去呢？」魏太太低頭想了一想笑道：「明天再說吧。」

范寶華道：「不然，要決定今天就決定。他約定的是兩點鐘，我們吃過午飯，就得動身，明天上午再說，來不及了。」魏太太又牽了兩牽她的衣襟因道：「若是胡太太去的話，我也去。實不相瞞，我沒有資本。有兩個熟人去，周轉得過來，膽子就壯些。你想，若是我有資本，今天就還范先生的錢了。」

范寶華道：「羅太太同胡太太更熟。她家有局面，她不會不去。就是這麼說，明天正午一點鐘過江。坐滑竿到羅家，也得一點鐘。我倒歡喜到羅家去打牌。唯一的好處，就是那裡並沒有外人打攪。慢說賭兩三個鐘頭，就是大戰三百回合賭他兩天兩晚，也沒有關係。」魏太太道：「這樣說，范先生一定到場了。」

范寶華還沒有答覆這個問題，外面有人敲門，他說：「請進吧。」門推開，是個穿西裝的人進來了，見這樣坐著一個摩登少婦，很快地瞟了一眼，因低聲笑道：「我和你通融一筆現款，二十萬元，有沒有？」范寶華道：「這有什麼問題，我開張支票就是了。」那人道：「若是開支票可以算事，我就不來找你了。鄉下來了個位親戚，要到銀樓裡去打兩件金首飾，要立刻帶現款上街。我就可以開張支票和你換。」范寶華道：「我找找看，也許有。可是你那令親，為什麼這樣性急。」說著，他輪流扯拉他的寫字臺。

那人嘆了口氣道：「現在的全重慶市人，都犯了金子迷。我這位敝親，也不知得了哪裡的無線電消息，好像今日下午金子就要漲價，非在十二點鐘以前把金子買到手不可。」范寶華扯著抽斗，終於是在右邊第三個抽斗裡將現款找到了。他拿出了兩捆鈔票，放在寫字臺上，笑道：「拿去吧，整整二十萬，你也是來巧了。昨天人家和我提用一筆款子，整數做別的用途去了，剩下三十多萬小額票子，我沒有把它用掉，就放在這裡。」他口裡說著，手上把抽斗關起，將鑰匙鎖著。鎖好之後，將鑰匙在手掌上顛了兩顛。隨便一塞就塞在西服褲子岔袋裡。那鑰匙是白鋼的摩擦得雪亮，將幾根彩色絲線穿著。魏太太看到他這玩意，心裡卻也奇怪。漂亮到鑰匙繩子上去了，卻也有點過分。

那人取著現款走了，臨走的時候，他又向她瞟了一眼。她這就想著，女人是不應當向這些沒家眷的地方跑，縱然是為了正事來的，人家也會向作壞事的方面猜想，於是立刻起身告辭。范寶華送到樓梯口，還叮囑了一聲，羅太太那裡，一定要去。魏太太就要想著，姓范的總算講面子，那兩萬元的債務，他毫不介意。將來還錢的時候，買點東西送他吧。

她想著走著，又到了中央銀行門口。心想，陶伯笙這兩人，大概買得了黃金了吧？想著，便又走了進去。看時，陶李二人還在隊伍裡面站著，去那辦黃金儲蓄的櫃檯，總還有一丈多路。陶伯笙一看到，先就搖搖頭道：「真不是生意經。」魏太太道：「好了，你們面前只有幾個人了。」

李步祥拿了帽子在左手，將右手亂撫弄著他的和尚頭，將頭髮椿子，和亂地唏唆作響。他苦笑了道：「幾個人？這幾個人就不容易熬過。現在快到十二點鐘了。到了十二點，人家銀行裡人，可要下班吃飯。上午趕不上的話，可要下午兩點鐘再見。」魏太太看櫃檯裡面掛的壁鐘，可不已是十一點五十幾分。再數數陶李二位前面，排班的還有十二位之多。就算一分鐘有一個人辦完手續，他二人也是無望。這且不說破，靜看他們兩人怎麼樣。

那隊伍最前面一個儲金的人，正是帶著兩大捆鈔票的現款。在櫃檯裡面的行員叫他等在一邊，等點票子的工友，點完了票子，才可以辦手續。接著他就由櫃檯裡伸出頭來向排隊的人道：「現在到了下班的鐘點了，下午再辦了。」李步祥回轉頭來道：「陶兄，說有毛病，就有毛病，人家宣布上午不辦了。」

陶伯笙還沒能說話，前面那個北方人將腳一跺道：「他媽的，受這份洋罪，我不幹了。天不亮就起來，等到現在，還落一場空。」說著，他伸出一隻腳來，又有離開隊伍的趨勢。這次，陶李二位，並沒有勸他，他將腳伸出去之後，卻又縮了回去。自己搖搖頭道：「終不成我這大半天算是白站了班了。五六個鐘頭站也站過去了，現在還站兩點鐘，到了下午他們辦公的時候，我總挨得著吧？」

他這樣自己轉了圜，依然好好地站著，這麼一來，前後人都忍不住笑了。他倒不以為這種行為，對他有什麼諷刺。自己也搖搖頭笑道：「不成，我沒有那勇氣，敢空了手回去。再說，站班站到這般時候，就打退堂鼓，分明是把煮熟的鴨子給飛了。」說到這裡，櫃檯裡面，已叮叮噹噹地搖著鈴，那是實在地下了班了。所有在銀行櫃檯以外，辦理其他業務的人，也都紛紛地走開，只有這些辦理黃金儲蓄的人，還是呆呆地一串站著，那陣頭自然是靠了櫃檯站著，那陣尾卻還拖在銀行大門口附近。

陶伯笙向後面看著，笑道：「人家騎馬我騎驢，我比人家我不如。回頭看一看，一個推車漢。比上不足，比下有餘。」魏太太站在一邊，原是替他們難受，聽到陶先生這種論調，這也就不由得笑起來了，因道：「陶先生既是這樣的看得破，這延長兩小時的排隊工作當然可以忍耐下去了。」

陶伯笙笑著一伸腰道：「沒有問題。」因為他站得久了，也不知怎麼回事，那腰就自然地微彎了下去，那個瘦小的身材，顯然是有了幾分疲倦的病態。這時腰子伸直來，便是精神一振。

魏太太道：「二位要不要再吃一點東西呢？」李步祥伸著手搓搓臉，笑道：「那倒怪不好意思的。」魏太太道：「那倒沒什麼關係。縱然不餓，站在這裡，怪無聊的，找點事情作，也好混時間。」說著，她就走出銀行去，給他們買了些餅乾和橘子來。

他兩人當然是感謝之至。可是站在隊伍裡的人，都有點奇怪。覺得這兩位站班的同志，表現有些特別。竟有個漂亮女人在旁邊伺候，這排場倒是不小。各人的眼光，都不免向魏太太身上看來。她自己也就覺得有點尷尬，於是向陶先生點了個頭道：「拜託拜託，下午等候你的消息了。」說著，她自走去。

這時，銀行櫃檯裡面是沒有了人，櫃檯外面，匯款提款存款的，也都走了個乾淨。把這個大廳顯出了空虛。排班辦理黃金儲蓄的人，那是必須站在一條線上的。所以雖有百多人在這裡，只是繞了兩個彎曲，在廣闊的大廳裡，畫了一條人線，絲毫不能充實這大廳的空虛。而且來辦儲蓄的人，很少是像陶李二位有同伴的，各人無話可說。靜悄悄地在銀行裡擺上這條死蛇陣。因為有這些人，行警卻不敢下班，只有這四位行警，在死蛇陣外，來往梭巡。大概自成立中央銀行以來，這樣的現象，還是現在才有的呢。

第十一回　皮包的喜劇

這兩小時的延長，任何儲金隊員，都有些受不了。有幾個人利用早上買的報紙，鋪在地面上，人就盤腿坐在報上。這個作風，立刻就傳染了全隊。但重慶的報紙是用平常搓紙煤的草紙印刷的，絲毫沒有韌性，人一動，紙就稀爛，事實上，人是坐在地上。因之有手絹的，或有包袱的，還是將手絹包袱鋪地。陶李二人當然也是照辦。站得久了，這麼一坐下來，就覺得舒適無比。反正有兩小時的休息，不必昂著頭看陣頭上人的動作。自然，在這兩小時的長坐期間，也有點小小的移動。但他兩人都因腳骨痠痛，並沒有作站起來的打算。

約莫是到了下午一點半鐘，前面坐的那位北方人，首先感到坐得夠了，手扶了牆壁要站起來，就哎呀了幾聲。李步祥問道：「你這位先生，丟了什麼東西？」他扶著牆壁，慢慢地掙起。還依然蹲著，不肯站起來。笑著搖搖頭道：「什麼也沒有丟，丟了我全身的力氣。你看這兩條腿，簡直是有意和我為難，我可憐它（指腿）站得久了，坐下去休息休息。不想它休息久了，又嫌不受用，於今要站起來，它發麻了，又不讓我站起。不信，你老哥試試看。你那兩條尊腿，也未必就聽調遣的。」

李步祥是盤了腿坐著的，經他這樣一提醒，也就彷彿覺得這兩條腿有些不舒適，於是身子仰著，兩手撐地，要把腿抽開來。他啊哈了一聲道：「果然有了毛病。它覺得這樣慣了，不肯伸直來了。」於是前後幾個人都試驗著。很少人是要站起就站起的，大家嘻嘻哈哈笑成一團。

所幸經過這個插曲不久已到兩點鐘。陶李前面，只有十二個人，挨著班次向上移動，三點鐘的光景，終於是到了儲金櫃檯前面。他們觀察了一上午，應當辦的手續都已辦齊。陶伯笙先將范寶華的四百萬元本票交上。那是中央銀行的本票，毫無問題。然後再把魏太太的四萬元現款，和她填的紙片，一塊兒遞上。

行員望了他一眼道：「你為什麼一個人辦兩個戶頭？」陶伯笙點著頭賠了笑道：「請通融一下吧。這是一位女太太托辦的，她排不了班，退下去了。好在是小數目。」行員道：「一個人可以辦兩戶，也就可以辦二十戶，那秩序就亂了。」

陶伯笙抱了拳頭，只是拱揖，旁邊另一個行員，將那紙片看了看，笑道：「是她？怎麼只辦二兩？」那一行員問道：「是你熟人？」他笑著點點頭。於是這行員沒說什麼，將現鈔交給身後的工友，說聲先點四萬。當然這四萬元不需要多大的時間點清。

行員在櫃檯裡面登記著，由銅欄窗戶眼裡，拿出一塊銅牌，報告了一句道：「後天上午來。」陶伯笙想再問什麼話時，那後面的人，看到他已辦完手續，哪容他再站，向前一擠，就把他擠開了。陶伯笙也沒有什麼可留戀的，妥當地揣好了那塊銅牌子，扯了站在旁邊的李步祥就向外走。

出得銀行門，抬頭看看天上，日光早已斜照在大樓的西邊牆上，就深深地噓著一口氣道：「夠瞧。自出娘胎以來我沒受過這份罪。我若是自己買金子也罷了，我這全是和老范買的。」李步祥笑道：「在和朋友幫忙這點上說，你的確盡了責任，我去和老范說，讓他大大地謝你一番。」

陶伯笙道：「謝不謝，那倒沒什麼關係。不過現在我得和他去交待一聲，將銅牌子給他看看。不然的話，四百萬元的本票，我得負全責，那可關係重大。這時候，老范正在寫字間，我們就去吧。」

於是兩人說話走著，徑直地走向范寶華寫字間。他正是焦急著，怎麼買黃金儲蓄券的人到這時候還沒有回信。陶李二人進門了，他立刻向前伸手握著，笑道：「辛苦辛苦。我知道這幾天銀行裡擁擠的情形，沒想到要你們站一天。吃菸吃菸。」說著，身上掏出菸盒來敬紙菸，又叫人泡茶。

陶伯笙心想，這傢伙倒知趣，沒有說出受罪的情形，他先行就慰勞一番。他坐了吸菸沉吟著，李步祥倒不肯埋沒他的功勞，把今日站班的事形容了一遍。

隨後陶伯笙將那塊銅牌取出。笑道：「本來將這牌子交給你，你自己去取儲蓄單子，這責任就完了。可是我還得跑一趟。魏太太也托我買了二兩，我還是合併辦理吧。」范寶華道：「她有錢買黃金？什麼時候交給你的款子？」陶伯笙道：「就是今天上午，我們站班的時候，交給我們的四萬元。」

范寶華搖搖頭道：「這位太太的行為就不對了。她今天也特意到我這裡來的。她在你家賭桌上借了我兩萬元現款，根本我有些勉強。她來和我說，沒有錢還我，請寬容幾天。我礙了面子，不能不答應。不想無錢還債，倒有錢買金子，這位太太好厲害。耍起手段來，連我老范都要上當。」陶伯笙道：「據她說，她是臨時扯來的錢。」范寶華道：「那還不是一樣。可以扯四萬買金子，就不能扯兩萬還債嗎？事情當然是小事。不過想起來，令人可惱。」

陶伯笙看范寶華的樣子，倒真的有些不快。便道：「既是這樣，我今天看到魏太太就暗示她一下。」他道：「兩萬元，還不還那都沒有關係。我這份不高興，倒是應當讓她明白。」

陶伯笙自然是逢迎著范老闆的，當日傍晚受了姓范的一次犒勞晚餐，把整日的疲勞都忘記了，酒醉飯飽，高興地走回家去。

到了家中，正好魏太太在這裡等候消息。他一見便笑道：「東西已經買得了。不過我有點抱歉。我嘴快，我見著老范，把你買二兩的事情也告訴他了。」魏太太道：「他一定是說我有錢辦黃金儲蓄，沒有錢還債。」她是坐在陶太太屋子裡談話。陶太太坐在床沿上結毛繩。便插嘴道：「老陶實在嘴快，你沒有摸清頭緒，怎好就說出來呢？人家魏太太挪用的這筆款子，根本是難作數的。」

陶伯笙點了支紙菸，坐下來吸著，望了魏太太道：「這話怎麼說，我更不懂了。」魏太太坐在陶太太床上，將自己的舊綢手絹，縛著床欄杆，兩手拉了手絹的兩角，在欄杆上拉扯著，像拉鋸似的。

她低了頭不看人，似乎是有點難為情。笑道：「反正是老鄰居，我的家事，瞞不了你們，說出來也不要緊。今天老魏由機關裡回來，皮包裡面帶有六萬元，據他說，是公家教他採辦東西的款子。我等他到廚房裡去了，全數給他偷了過來。當時，他並沒有發覺。我就立刻上銀行找陶先生了。我一走，他就曉得錢跑了腿，打開皮包來，看到全數精光，這傢伙沉不住氣，氣得躺在床上。我由銀行裡回來。我不等他開口，就把儲蓄黃金的事告訴他了，並說明是黃金要漲價，要辦就辦。而且今天有陶先生站班登記，這個機會不可失。他才說事情雖然是一件好事。但這是公家買東西的錢，明天要把東西買回去。沒有東西，就要退回公家的錢。無論數目大小，盜用公款這個名義承擔不起，而且有幾件小東西，今日下午，就非交卷不可。我看他急得滿臉通紅，坐立不安，退回了他一萬元。他為了這事，到處抓錢補這個窟窿去了，直到現在，他還沒有回來，想必錢還沒有弄到手，若是真沒有法子的話，我定的這張儲蓄券，那就只好讓給旁人了。你以為我自己真有錢嗎？」

陶伯笙道：「原來如此，那也難怪你不能還老范的債了。你有機會，最好還是見了他把這話解釋明白。他那個人，你知道，就是那順毛驢的脾氣。」魏太太聽了這話，心裡就有了個暗認識。范寶華在陶伯笙面前，必定有了些什麼話。明日有機會見著他，還是解釋一下吧。當時怕人家夫妻有什麼話說，自告辭回家。

到了家裡，老媽子已帶了兩個孩子睡覺去了。魏端本屋子裡，電燈都不曾亮起。自己臥室裡，電燈是亮著的，房門卻是半掩的。心裡暗想，自己真也是大意。家裡雖沒有什麼值錢的東西，床上的被縟，也是一點物資，若來個溜門賊，順手把這東西撈去了，眼見得今晚就休想睡覺。

心裡想著，將門推開，卻見魏先生橫倒床上，人是和衣睡了。自言自語道地：「這傢伙倒是坦然無事。我何必為了那六萬元，和他著急半天。」走到床邊，用手推他兩下，他倒也不曾動。聽他鼻子呼呼有聲，彎腰看他一看，還嗅到一股酒氣味。淡笑一聲道：「怪不得他寬心，還是喝了酒回來的。沒出息，著急！就會醉了睡覺，今天算讓你醉了完事，明天看你怎麼辦？」

說著話，又推他兩推，就在這時，看到被下面露出了半個皮包角。心想，看他弄了錢回來沒有？於是順手將被向上一掀，拖出那皮包來。皮包拖出來了，魏端本也一翻身坐了起來。將手按住了皮包，瞪了眼笑道：「這可不是鬧著玩的，這裡面的錢不能動。」

魏太太聽說皮包裡有錢，益發將兩手抓住了皮包，兩手使勁向懷裡一奪。趕快跑著離開了床邊。魏端本坐在床上望了她道：「你看是可以看。不過你看了之後，可不許動那錢。」魏太太聽了這話，料著錢還是不少，便將兩手緊緊地抱在懷裡，將兩手拍了兩拍問道：「這裡面有多少？」他笑道：「十五萬，又夠你花幾天的了。」

魏太太將身子一扭道：「我不信。」於是把皮包放在五斗桌上，將身子橫攔了魏端本的來路，以免他前來搶奪，掀開了皮包，每個夾層裡，都伸手向裡面掏摸一陣，掏出好幾疊鈔票。直把皮包全蒐羅完了，這才點一點放在桌上的數目，可不就是十五萬嗎？於是笑嘻嘻地問道：「你這傢伙，在哪裡弄來了許多錢？」魏端本道：「這個你可千萬動不得。這是司長私人的錢。要我代匯到貴陽去的。不信，你搜搜那皮包的夾頁裡面，還有司長親筆寫的匯款地點。上午那五萬元公款，被你扯用了，我還沒有法子填補，幸好這筆款子來了，明天上午，我先扯用一下，把公家的款子補齊。到了下午，我必須把這款子給司長匯出去。若是把這款子動用了，司長那個雞毛脾氣，我承擔不起，只有打碎飯碗。」

魏太太道：「我不信。假如那五萬元的漏洞沒有補起來，你不會自由自在地，喝了酒回來睡覺。」魏端本道：「你以為我是在外面飯館子裡喝的酒嗎？我回來了，你又不在家。我叫楊嫂打了四兩大曲，買了兩包花生米，在隔壁屋子裡自斟自酌的。為什麼如此？也無非是心裡煩悶不過。你必定說，皮包裡帶那些個錢，為什麼還要煩悶。這個理由，說出來了，你也會相信的。正由於那皮包裡的錢不少，可是這錢是人家的，一張鈔票也……」

魏太太早是把那些鈔票，緩緩地塞進了皮包。魏先生說到這裡，鈔票是各歸了原位。她不容他把話說完，兩手拿起皮包，對魏先生頭上，遠遠地砸了過去。魏先生看到武器飛來，趕快將頭一偏，那皮包就砸在他肩上，砸得他身子向後一仰，魏太太沉著臉道：「錢全在皮包裡，我沒有動你分文。你不開眼，你以為我也像你這樣看到這樣幾個錢就六魂失主嗎？這十來萬塊錢也不過人家大請一次客，什麼了不得。」魏端本在床上將皮包拿起來，緩緩地扣上皮包鈕釦，淡淡地笑道：「十來萬塊錢請一次客，好大的口氣。我們部長昨日請兩桌客，也不到十……」

魏太太像餓虎攫羊的樣子，跑到魏先生面前，把那皮包奪了過去，向肋下夾著，帶了笑瞪著眼道：「無論怎麼樣，這裡面我要抽出兩萬元來。我老實告訴你，我欠人家兩萬元，明天非還不可。」魏先生沉住了臉，不作聲，也不動，就這樣呆呆地不動。

魏太太夾著那皮包，也是呆呆地站著。但她在兩分鐘後，忽然省悟過來，假如這些錢有一部分是丈夫的，他不會這樣為難。這完全是司長的款子，大概沒有什麼疑問。這樣的錢，拿來用了，他自然負著很大的責任。這就先向魏先生笑了一笑，把那板著的面孔先改去，然後走到床沿，挨著丈夫坐下，將皮包放在懷裡，輕輕地拍著道：「我知道這裡面的錢，不是你的。可是這樣大批的款子，稍微挪動個兩三萬元，也不是辦不到的事情。我是個直性子人，心裡這樣想著，口裡就這樣說出來。若是你真為難的話，我難道那樣不懂事，一定把它花了。我也知道現在找一分職業不容易。若為了扯用公款，把你的飯碗打破了，我不是一樣跟著受累？我就只說一句話，試試你的意思，你就嚇成這個樣子。拿去吧，皮包原封未動，在這裡。」說著，把皮包送到魏端本懷裡來。

他和夫人之間，向來是種帶勉強性的結合。一個星期，也難得看到夫人一種和顏悅色的語言。太太這樣無條件將皮包退還了，先有三分不過意，便也放出了笑容道：「假使是我的錢，我還有不願意和你還債的嗎？你怎麼又借了兩萬元的債呢？」魏太太道：「你就不用問了。反正我不能騙你。假如我騙你的話，我應當說欠人三十萬，二十萬，絕不說欠人兩萬。」魏端本道：「你的性格，我曉得。你不會撒謊，而且我是讓你降服了的，你伸手和我要錢，根本就是下命令，只要我拿得出來，不怕我不給。你又何必撒謊呢。」魏太太伸手掏了他兩下臉腮。笑道：「你也不害羞。你說這話，還有一點丈夫氣嗎？」

魏先生伸手握住太太的手，另一手，在她的手背上輕輕撫摩著。笑道：「佩芝，你憑良心說我這是不是真話？我對你合理的用錢，向來沒有違拗過。可是你總是那小孩子脾氣，當用的要用，不當用的也要用，手裡空著，立刻就向我要錢。不管我有沒有，不給不行。」魏太太趁了他撫摩著手，斜靠著他的肩膀，將頭枕在他肩上。因道：「你說吧。我手上空著，不要錢怎麼過下去？我不和你要錢，我又向誰要錢？老實說，你若不給我錢花讓我受窘，除非是有了二心。」

魏端本笑道：「又來了。怎麼能說到有二心三個字上去？」魏太太鼻子哼了一聲。因道：「我就猜著你這十五萬元，不是司長的，是你要寄回老家去的。」她提到老家兩個字，就讓魏先生嚇一跳。因為他的老家，雖在戰區，並沒有淪陷，還可以通匯兌。尤其是他家裡還有一位守土夫人。魏太太對於這個問題，向來是恨得咬牙切齒，除瞭望戰事打到魏先生老家，將那位守土夫人打死。第二個願望也就想魏先生把老家忘個乾淨。因之魏先生偶不謹慎提到老家，很可能的，接上便是一場夫妻大鬧，鬧起來魏先生有什麼好處，最後總是賠禮下臺。這是她自行提到老家，魏端本料著這又來了個吵架的勢子，便立刻止住了道：「太太，不要把話說遠了。這個錢若不是司長的，二次敵機來了，讓我被炸彈炸死。」

魏太太道：「別賭這個風涼咒了，美國飛機炸日本，炸得他已無招架之功，自己都吃不消，還哪裡有力量炸重慶。我也相信這錢是你們司長的，可是你們和司長跑腿的人，無論什麼事總要揩上一點油。」魏端本道：「假如是司長那裡有一筆收入，經過我的手，可以揩油。假如司長有票東西由我代買，我也可以揩油。現在是司長要我代匯一筆款子出去，連匯水多少，銀行都在收據上寫得清清楚楚，我怎麼可以揩油。」

魏太太對於他這種解釋，不承認，也不加以駁回，就是這樣頭枕在丈夫肩上半睡半不睡地坐著。魏先生還握著夫人的手呢，她的手放在先生懷裡，也不移動了。魏端本唉了一聲道：「接連地熬了這許多夜，不是打牌，就是看戲，大概實在也是疲倦了，就說不花錢，這樣的糟蹋身體，又是何苦。佩芝，佩芝，你倦了，你就睡吧。」說著輕輕地搖撼著她的身體。她口裡咿唔著道：「你和我把被鋪好吧，我實在是倦了。把枕頭和我疊高一點。」她說著，更顯得睡意朦朧，整個的身子都依靠在魏先生身上。

他兩手托著魏太太的身體，讓她平平地向床上睡下，然後站起來，將枕被整理一番，但魏太太就是這樣橫斜地睡在床上，阻礙了他這項工作。魏端本搖撼著她道：「床鋪好了，你起來脫衣服吧。」她是側了身子，縮著腿睡在床中間的，這就把身體仰過來，兩隻腳垂在床沿下面。仰著臉，閉著雙眼，簇擁了兩叢長睫毛。魏先生覺得太太年輕貌美，而且十分天真的。自己不能多掙幾個錢，讓她過著舒服日子，這是讓她受著委屈的。尤其是自己原來娶有太太，未免讓這位夫人屈居第二位。憑良心說，這也應該好好地安慰她才是。

正這樣沉吟著，見太太半抬起一隻手來，放到胸前，慢慢的移到大襟上面，去摸鈕扣，只摸到鈕扣邊，將三個手指頭撥了兩撥，又緩緩地落下來垂直了。魏端本望了她笑道：「你看軟綿綿的樣子，連脫衣服的力氣都沒有了。喂！佩芝，脫衣服呀。」魏太太鼻子裡哼了一聲，卻是沒有動。魏端本俯下身子去，兩手搖了兩搖她的身體，對了她的耳朵，輕輕叫了聲佩芝。魏太太依然咿唔著道：「我一點力氣沒有，你和我脫衣服吧。」魏端本站起來對她看看，又搖了兩搖頭道：「這簡直是個小孩子了。」但是他雖這樣地說了，卻不願違反了太太的命令。把房門關上，把皮包放在枕頭底下。太太不是說把枕頭疊高一點嗎？就把皮包塞在枕頭下面。魏先生到了這時，忘了太太的一切驕傲與荒謬，同情她是一個弱者了。

次日早上，還是魏端本先起床，在太太睡的枕頭下面，輕輕地抽出皮包來，卻見皮包外面，散亂著幾十張鈔票，由枕頭下散亂到被裡，散亂到太太的燙髮下面，散亂到太太的床角上。他倒是吃一驚，怎麼鈔票都散亂出許多來了。立該把皮包打開來，將全數鈔票點數了一番，還好，共差兩萬元。這倒是自己同意了太太的要求的。她並沒有過分地拿去。於是將床上散亂的票子，一齊歸理起來，理成兩疊，給太太塞在枕頭下面。

太太睡得很熟，也就不必去驚動她，將皮包放在桌上，到隔壁屋子裡去洗漱口喝茶吃燒餅，準備把這件事情作完，就去和司長匯款了。就在這時，一個勤務匆匆地跑了進來，見著他道：「魏先生，司長要到青木關去一趟，叫你同去。他的汽車就在馬路口上等著。他說托你匯的款子，不必匯了，明天再說吧。」

魏端本聽說司長在馬路口上等著，這可不敢怠慢，手裡拿了個燒餅啃著，走到臥室裡去，打算叫醒太太，太太已是睜著眼躺在枕頭上了。她已經聽到勤務的話了，因道：「司長等著你，你就走吧，你還耽誤什麼？」魏端本道：「我交代你一句話。這皮包你和我好好看著，我的太太，那錢可不能再動。」魏太太皺了眉道：「你不放心，乾脆把皮包拿去。」他還想說什麼。勤務又在那隔壁屋子裡，連叫了幾聲魏先生。他向太太點點頭，扭身就出去了。

第十二回　起了酸素作用

魏先生留下這麼一筆款子在家裡，倒讓魏太太為了難。這是他和司長匯出去的款子，必須好好保存，而且還不便把款子放在箱子裡，讓自己出去。因為鑰匙是自己帶著的。把鑰匙帶出去了，他回來就拿不到款子。這沒有什麼辦法，只有在家裡守著這個皮包了。她想到昨日買了二兩金子，又在魏先生手上，先後拿得三萬法幣，這二十四小時以內，生活是過得很舒服的。今天在家裡看看小說，買點兒好菜，用一頓好午飯吃，這享受也不壞。

她主意拿定了，起床，洗過臉，漱過口，且不忙用胭脂化妝，先叫楊嫂抱著小的男孩子渝兒去買下江麵館的小籠包子。大女孩子娟娟就讓她送到屋子裡來自己帶著。這孩子的衣服又是弄得亂七八糟，穿一件中國紅花布長裌襖，卻罩在西式童裝上，那小孩的頭髮，又是兩天不曾梳理，乾燥蓬亂，散了滿頭。早上起來，小孩子就要吃，又沒有好的吃，左手拿了半截冷油條，右手拿了一片切的紅苕（即薯）。眼眵鼻涕殼子，全已在小臉上。

魏太太將她的衣服扯了一扯，瞪著眼道：「要命鬼，睜開眼睛，就只曉得要吃。兩天沒有管你，又不像人了。」小娟娟看到媽媽罵她，把油條和紅苕都丟了。兩隻手在衣服上慢慢擦著，轉了兩個小眼珠望著媽媽。魏太太咬著牙笑了，搖搖頭道：「我的天，你那手上的油，全擦在衣服上了，真是要命。」

小娟娟呆了，兩手伸開了十指，也不知道怎麼是好。

魏太太原是要給孩子兩巴掌，看到她這種怪可憐的樣子，嘆了口氣，在桌子抽屜裡，抓了一把字紙，就和娟娟來擦那隻油手。把小手上的油都擦乾淨了，魏太太手上捏的那把紙團，翹起了一個大紙角，紙角楷書字寫得端端正正。她心裡一驚，這不要是孩子爸爸的公事吧？立刻把捏成紙團的字紙，清理出來一看，不由得連叫幾聲糟了。這其中除了有兩件公事而外，還有一張機關裡和一家公司寫的合約。一切都已謄寫清楚就差了簽字蓋章。這正是魏端本要拿去給公司負責人蓋章的。這時，滿合約全是大一塊小一塊的油跡。而且還折出了許多皺紋，她把這些字紙拿在手上看了看，絲毫沒有主意。只得向抽屜一塞，把抽屜關上，來個眼不見為淨。原來是想和娟娟洗個臉，換換衣服的，心想，今天魏端本回來，少不了一場吵鬧。

娟娟見媽不睬她了，又見原來拿的那片紅苕，還在地上，這就彎腰去撿了起來。魏太太搶上前，把那紅苕片奪過去丟了，捏著拳頭，在娟娟背上，連捶了三四下，罵道：「你還饞啦，幾輩子沒有吃過東西。」娟娟讓媽媽監督著，早就憋不住要哭。這可一觸即發，哇哇地放聲大哭。魏太太道：「你還哭，都是為你，我惹下禍事了。」

正說著，楊嫂左手抱著孩子，右手捧了一隻碗進來，便道：「大小姐，不要哭了，吃包子。」魏太太道：「你就只知道給她吃，你看孩子髒成什麼樣子了。短衣服套著長衣服，中不中西不西，讓人看見了笑話。」楊嫂道：「我要作飯，要洗衣服，還要上街買東西，兩個娃兒，跟一個，抱一個，我朗個忙得過來？」說著，把那個碗便放在桌上，揭起蓋在碗上的那個碟子，露出熱氣騰騰的一碗小包子。

魏太太早晨起床之後，最感到腸胃空虛，立刻將兩個指頭鉗了只包子送到嘴裡咀嚼著。娟娟雖不大聲哭了，鼻子還是息率息率地響，楊嫂抱在手上的小男孩，指著包子碗，連叫我要吃，我要吃。魏太太就抓了一把小包子，放在原來蓋碗的碟子裡，將碟子交給楊嫂道：「拿去吧，給他兩個人吃。吃過之後，無論如何，給他們洗把臉，換換衣服。你帶不過兩個孩子，我們分開辦理，你洗一個，我帶一個。」

楊嫂很知道這女主人的脾氣，看見孩子，就嫌孩子髒，不看見孩子，她也絕不會想起的，端了那碟包子，帶了兩個孩子走了。魏太太叫楊嫂拿筷子來，她也沒有聽見。魏太太且先用指頭鉗了包子吃，直把整碗的包子一口氣吃盡，她沒有將筷子拿來，魏太太也就不問了。

起床後的那盆洗臉水，浸著手巾，還放在五屜桌上。她起身洗了把手，在鏡子裡看到臉子黃黃的，才想起忘了化妝一件大事。魏太太的人生哲學，是得馬虎處且馬虎。只有一件事是例外，每天一次化妝，到了下午要出去，照照鏡子胭脂粉已脫落大半了，這就必須重新化妝一次。所以她這時吃飽了早點，就立刻要辦理這件事。將臉子裝扮得勻了，頭髮也梳理得清楚，這上午就可說沒有了事。

平常有這個悠閒的時候，少不了到街上去轉兩個圈子，買點兒零碎食物。今天為了皮包裡十來萬塊錢，心裡倒有點不自在似的，要出門非得買點東西不可，而錢又是不能動的。有錢不能用，也就懶於上街了。床頭邊堆了十來本新舊小說。這就掏起一本來，橫躺在床上翻弄著，隨手一翻，就是一段描寫戀愛熱烈的場面，翻過之後，就繼續地向下看去。

楊嫂可就在床頭打攪了。她道：「今天還沒有買菜，上午吃啥子？」魏太太看著書，鼻子裡隨便哼了一聲，楊嫂又道：「上午吃啥菜？」魏太太不耐煩了，將橫躺在床上的腳一頓道：「哎呀！人家一看書就細亂。囉！在我這衣服袋裡掏三千塊錢去買，把晚上的都辦了。」說著，將手摸摸小衣襟。

這位楊嫂，很知道女主人的脾氣，見她臉朝著書頁，又已看入了神，是不必多問話的。就彎著腰在魏太太衣袋裡摸出一把鈔票。點清了三千元留下，其餘的依然給她塞回衣袋裡去。因道：「太太，我去買菜，只能帶一個娃兒喀。留下哪一個？」魏太太依然是眼睛對著書頁，答道：「你把娟娟帶去，她會走路的。把小渝兒鞋子脫了，放在床上玩。請你費點神，把娟娟換一件衣服。臉盆手巾在這桌上，拿去給她擦把臉。上街，也別弄得小孩子像叫化子一樣。行不行？」她說是說了，但沒有監督楊嫂去執行，兩隻眼睛，依然是對了小說書上注視著。

她看了幾頁書，覺得有小孩子在腳邊爬動。抬起頭來看時，小渝兒並沒有脫鞋子，還拿了帶泥腿的板凳，在枕頭邊當馬騎呢。魏太太說了句真糟糕，她也沒有起身。因為這段小說，正說到男女兩主角已有戀愛九分成熟的機會，她急於要看這個結果是不是很圓滿的，就分不開身來了。

約莫是半小時，有人在門外問道：「魏太太在家嗎？」她聽出了這聲音是胡太太，立刻答應道：「我在家呢。」她同時想到小渝兒沒有脫鞋，還帶了一隻小馬在床上，這就把人和馬，一齊抱下床來。胡太太是熟人，也就走進屋子來了。

魏太太一看自己床單子上皺得像鹹菜團似的，那大大小小的黑泥腳印，更是不必說。便笑道：「你看看我們家裡弄成什麼樣子了，和你那精緻的小洋房一打比，那真是天差地遠。」胡太太笑道：「這也是你的好處，一切事情不煩心，總是保持了你的青春年少。我是柴米油鹽什麼事都要管。這還罷了，我們那位胡先生，還只是不滿意，總說我花錢太多。今天上午，又大大地吹了一場。」說著把手上的那個皮包放在桌上，不用主人相請，兩手按住膝蓋，坐在桌邊那張獨不被東西占領的椅子長長地嘆了口氣。

魏太太看她滿臉的脂粉，卻掩不住怒容，她說是和丈夫生了氣，那必是真的。胡太太本是張長圓臉，但因為長得很胖的緣故，兩腮下面的肉，向外鼓了起來，幾乎把臉變成四方的了。這時帶了怒容，只覺兩塊腮肉，更向下沉著。她兩隻青果型的眼睛，本是單眼皮，今天兩條眉毛不曾畫，眉角短了許多，而眼睛四周，還帶了一圈兒微微的紅暈。這和平常那洋娃娃似的歡喜面孔，可差得多了。便一面收拾著床鋪和屋子，一面問道：「我知道，你胡先生的經濟，全部交給你管，你還有什麼帶不過去的。」

胡太太搖了兩搖頭，又嘆了口氣道：「他把全部的經濟交給我，不把他那顆心交給我，那有什麼用呢？」她說著，把桌上的皮包取過來，打開皮包，取出一盒子菸來。她本來和魏太太一樣，不打牌是不吸紙菸的。魏太太看到她這時拿著菸盒，趕快取過一盒火柴遞上。可是這東西，她今天也預備得有，嘴角上街著紙菸，立刻又在皮包裡取出火柴盒來擦著火柴，將菸點著了。女人平常不大吸菸，忽然自動地吸起菸來，那必是心裡極不安定的時候，魏太太自己就是這樣，料著胡太太必是這樣。這就向她笑道：「你這話必定有所謂而發吧？」她說這話時，已把另一張椅子上的衣服襪子之類，很快地收拾乾淨，將那椅子移得和胡太太相併了，然後坐下。

胡太太右手按了手皮包，放在膝蓋上。左手兩個指頭夾了菸卷，放在紅嘴唇裡吸著，一支箭似的，噴出一口煙來，先淡笑了一笑，接著又嘆上一口氣。因道：「你看我們這位胡先生，這樣大的年紀，又是這抗戰年頭，他竟是糊塗透頂，還要在外面和那些當暗娼的女人胡混。花錢我不在乎，一個有身分的人這樣胡鬧，不但是有辱人格，若沾染了一身毛病，那不是個大笑話？」她說著話，又噴出一口煙。

魏太太道：「我倒是聽到人說，重慶有暗娼，晚上在校場口一帶拉人。那個地方，你們胡先生也肯去，那怪不得你生氣。」胡太太卻不由得笑了，因搖搖頭道：「倒不是那一類的暗娼。我說的是一種下流女人，冒充學生，冒充職業婦女，朝三暮四，在外面交男朋友。」

魏太太聽了這話，心裡就明白了，胡先生是在外面交女朋友，並不是嫖暗娼。因道：「你得有充分的證據嗎？」胡太太道：「那一點假不了。沒有充分的證據，我何至於氣得這個樣子？囉！我這裡就有一封信。」說著，她手是顫巍巍地伸到懷裡去摸索著，在懷裡摸出一封粉紅色的洋信封，交給魏太太。

她接過來時，覺著那封信還是溫暖的，分明是揣在胡太太貼肉小衣口袋裡的。見那信封上，是鋼筆寫的字。因望了她笑道：「我可以看嗎？」說著，把這信封顛了兩顛。胡太太道：「我正是要你看。」

魏太太抽出裡面一張洋信紙來，上面還有鋼筆寫的字，筆畫雖很純熟，可是筆力很弱，當然是位女人的手筆，信上這樣寫：「敬：昨晚由電影院回寓，在窄小破舊的樓上，孤獨地對了一盞電燈，我加倍地感到寂寞。窗子外正飛過幾點雨，那沒有玻璃的窗戶，糊著薄紙，漏了不少窟窿。在那窟窿裡送進一陣陣的寒風，那是特別的淒涼，回想到你我在一起的時候，你給予我的溫暖，徒然讓我增加感觸，我不由得掉下幾點淚。我是個薄命的女人，二十多歲，讓我喪失了他，成了一隻孤雁。家鄉在淪陷區，正成了既無叔伯，終鮮兄弟的那個悲慘境遇。白天，有那吃不飽肚的工作，讓我鬼混一天，到了晚上，我一個少年孀婦，向哪裡去？幸遇到了你，隨時給予我許多幫助，我是感激的。可是我有點不知足，這只能解決物質上我眼前一些困難，我在社會上，依然是孤獨，淒涼，悲慘的呀。自然，你會想到這一點的，你是常到這小樓上來溫暖我。可是，第一，我怕呀，人言可畏呀。第二，這始終還是片刻的溫暖而已。你既然同情我，愛我，你就得救我到底。我今天在你當面，幾次想把我的心事說出來，怯懦的我又忍住了。回寓之後，形單影隻，風淒雨苦，受到這分淒涼，我不能再忍了，我不能不說了。我伸出了待救的手，你快救我呀。你有約會，不必寫信，還是打電話吧，快得多呀。最後，我告訴你，我永久是屬於你的，你能救我，我也只要你救，快回音吧！芳上。」

魏太太把信看過，依然塞進信封裡，交回給胡太太，因道：「這是個什麼樣的女人，照信上說的，是個有工作的寡婦。信倒寫得相當流利。」胡太太將那信捏在手上，還是顫巍巍地塞到長衣懷裡去。因道：「這女人是老胡的舊部下，他根本混蛋，上司可以和女職員作這下流的事嗎？誰還敢出來當女職員呢。不過這個賤女人原也不是好東西，到處找男人。她丈夫大概就是為了她胡鬧氣死的。你看看這信，她說她永遠是老胡的，她願意作老胡一個外室。這是鬼話。老胡是個什麼美男子，已是四十多歲的人了。他有什麼地位。一個簡任職公務員而已。她就是想騙老胡幾個錢，我真氣死了。太欺侮人。」說著嗓子一哽，落下兩行淚。但她也不示弱，立刻將手絹擦乾眼淚。她又取出紙菸來吸。

魏太太笑道：「既然你知道她是個騙局，你就不必生氣了。你是怎樣發現這封信的呢？」胡太太道：「我早就知道有這件事了。我質問老胡，他總是絕口否認，還說我吃飛醋。有一次，他和這下流女人同去看話劇，讓我知道了，我要到戲館子裡去截他，不幸走漏了風聲，讓他們逃走了。因此，我也更進一步，隨時隨地，找他們的漏洞。他們通信地點是在機關裡，機關裡我不能去，他們覺得是保險的，可是我也有我的辦法，告訴我那個大女孩子，常常假裝到機關裡去玩，教她暗下留意她爸爸私人來往的信件。只要像是女人筆跡的信封，就偷了拿回來給我看。總共只試驗三次，就把這封信抄到了。」

魏太太笑道：「你大小姐今年多大？」胡太太笑道：「十四歲了，她什麼不曉得。她先偷得那桌子抽屜的鑰匙，藏在身上。那鑰匙本有兩把，老胡掉了一把，他並不介意，照常地鎖。他就沒想到別人會開。」

魏太太笑道：「我還要問，你大小姐有什麼法子在她爸爸當面去開抽屜的鎖呢？」胡太太聽到這裡，臉上有了得意之色。眉毛揚起來笑道：「這孩子就是這樣得人疼愛。她陪著她爸爸下了班，重新由大門外走了回去，對勤務說，丟了手絹在辦公室裡。人家當然讓她去找。自然，她不能每次都說丟了手絹，她總可借了別的緣故，一人再回辦公室去。這次找到了贓物，她就是由找手絹找出來的。你想，我看到這封信就是大肚子彌陀佛我也忍耐不下去吧。信是昨日下午得著的。偏是昨晚上他到一點鐘才回家來。這還不是溫暖那個下賤女人去了嗎？昨晚夜深了我不便和他交涉。今早起來，我把這裡的話質問他，他還咬口不認。我掏出信來，當面唸給他聽。」

魏太太搶著問道：「那就沒有可抵賴的了。」胡太太鼻子裡哼了一聲道：「就是這樣令人可恨，他若承認了，我只要他和那下流女人斷絕關係，我也不咎既往，和平解決。你猜怎麼樣？他比我還強硬，他說這是我捏造的信，伸過手來，要把信搶了去。我真急了，扯著他的衣服，要和他講理。他一掌把我推開，帽子也不戴，就跑出門去了。他料著我不敢到機關裡去找他，先避開我。其實，我怕什麼？哪裡也敢去。打破了他的飯碗，那是活該。我有辦法，我不依靠他當個窮公務員來養活我，等他回來再辦交涉不遲。隔壁趙先生和他同事，負責把他找回來答覆我一個解決辦法。我也只好饒了他這一上午，反正他飛不了。可是我一個人坐在家裡，越想越悶，越悶越氣，鄰居們叫我出來走走。我想那也好。對於這種丈夫，犯不上為他氣壞了身體，我是得樂且樂。」

正說到這裡，楊嫂送著娟娟進來了。她身上的衣服，雖然還是短的套著長的，可是小臉蛋已經洗乾淨了，便是頭上的頭髮，也梳清楚了。胡太太拉著她的小手，拖到懷裡，摸了她的童髮道：「孩子你的命運好，得著一個疼你的爸爸。」魏太太道：「她爸爸疼她，那也是一句話罷了，為什麼家裡不多雇一個人專帶孩子，兩個孩子全弄得這樣拖一片掛一片。」

楊嫂聽了這個話風，流彈有射到自己頭上的可能，便抱起小渝兒要走。魏太太笑著嘆口氣道：「唉！提到小孩子髒，你就趕快要走。這不怨你，我怪你也沒用。胡太太在這裡吃飯，快去預備，兩個孩子都留在這裡吧。」胡太太道：「不，我請你出去吃頓小館。」

魏太太道：「你還和我客氣什麼。我的家境，你知道，我也不會有什麼盛大的招待。不過在我這裡吃飯，我們可以多談一點。」胡太太今天的情緒，需要的就是談。便道：「那也好。」說著，點了兩點頭。這樣，兩位太太就更是親密地向下談。

最後，胡太太為了集思廣益起見，也就向魏太太請教，要怎樣才能夠得著勝利？魏太太笑道：「你問我這些，那我的見解，比你就差得遠了。不過隔壁陶太太倒是御夫有術的人，她隨便老陶幾日幾夜不歸，她向來不問一聲到哪裡去了。她說，作太太的，千萬不和先生吵，越吵感情越壞，這話當然有理。可是我這個脾氣，就不容易辦到。火氣上來了，無論是誰，我也不能退讓。」

胡太太又在手皮包裡，取出紙菸來吸著，右手靠了椅子背，微彎過來，夾著口裡的紙菸。偏著頭細細地沉思，噴出一口煙來，然後搖搖頭道：「陶太太的話，要附帶條件，看對什麼人說話。男人十有八九是欺軟怕硬。作太太的越退讓，他就越向頭上爬。對先生退讓一點，那也罷了。反正是夫妻，可是他一到另有了女人，兩個人一幫，你退讓，他先把那女人弄進門，你再退讓，那個女人趁風而上，就奪了我們的位置。你三退讓，乾脆，姨太太當家，把正太太打入冷宮，這社會上寵妾滅妻的事就多著呢。抗戰八年來，許多男人離開了家庭，誰都在外面停妻再娶。分明是軋姘頭討小老婆，社會上還起了一個好聽的名詞，說是什麼抗戰夫人。那好了，在家裡的太太，倒反是不抗戰的，將來勝利了，你說在那寒窯受苦的王寶釧一流人物，也當退讓嗎？」

魏太太聽了這話，立刻心裡拴上了幾個疙瘩，一陣紅暈飛上臉腮。但她這個抗戰夫人的身分，是很少人知道的，胡太太並非老友，更不知道。她強自鎮定著，故意放出笑容道：「可是平心說，那些抗戰夫人是無罪的，她們根本是受騙。那個署名芳字的女人，她和胡先生來往，不能算是抗戰夫人。你不就在重慶一同抗戰嗎？」

胡太太哼的一聲道：「我馬上就要那個賤女人好看，她還想達到那個目的嗎？可是我要照陶太太那個說法，退讓一下，那她有什麼不向這條路上走的呢？所以我絕不能有一毫妥協的意思，就算我現時在淪陷區，老胡討個小老婆，我也要不能饒恕的。什麼抗戰不抗戰，男子有第二個女人，總是小老婆。」胡太太是自己發牢騷。可是魏太太聽了，就字字刺在心上了。

第十三回　物傷其類

胡太太自發著她自己的牢騷，自說著她傷心的故事，她絕不想到這些話，對於魏太太會有什麼刺激的。她看到魏太太默然的樣子，便道：「老魏，你對於我這番話有什麼感觸嗎？」魏太太搖著頭，乾脆答覆兩個字，「沒有」。可是她說完這兩個字之後，自己也感覺不妥，又立刻更正著笑道：「感觸自然也是有的。可是那不過是聽評書掉淚，替古人擔憂罷了。」

胡太太臉上的淚痕，還不曾完全消失，這就笑道：「不要替我擔憂，我不會失敗的。除非他姓胡的不想活著，若是他還想作人，他沒有什麼法子可以逃出我的天羅地網。」魏太太點點頭道：「我也相信你是有辦法的。不過你也有一點失策。你讓你大小姐和你當間諜，你成功了，胡先生失敗了，他想起這事，敗在大小姐手上，他能夠不恨在心嗎？這可在他父女之間，添上一道裂痕。」

胡太太將頭一擺道：「那沒關係。我的孩子，得由我一手教養成功，不靠他們那個無用的爸爸。說起這件事，我倒是贊成隔壁陶太太的。你看陶伯笙忙得烏煙瘴氣，孩子們教養的事，他一點也不辦。倒是陶太太上心，肯悄悄地拿出金鐲子來押款，接濟小孩子。現在買金子鬧得昏天黑地的日子，這倒不是一件易事。小孩子還是靠母教，於今作父親的人，幾個會顧慮到兒女身上。你叫楊嫂去看看她，她在家裡作什麼？也把她找來談談吧？」

魏太太道：「好的，你稍坐一會，我去請陶太太一趟，若是找得著人的話，就在我家摸八圈吧。」胡太太笑道：「我無所謂，反正我取的是攻勢，今天解決也好，明天解決也好，我不怕老胡會逃出我的手掌心。」

魏太太帶了笑容，走到陶家，見陶太太屋子裡坐著一位青年女客，裝束是相當的摩登，只是臉子黃黃的，略帶了些脂粉痕，似乎是在臉上擦過眼淚的。因為她眼圈兒上還是紅紅的。魏太太說了句有客，將身子縮回來。陶太太道：「你只管進來吧。這是我們同鄉張太太。」

魏太太走了進去，那張太太站起來點著頭，勉強帶了三分笑容。陶太太道：「看你匆匆地走來，好像有什麼事找我的樣子，對嗎？」魏太太道：「胡太太在鬧家務，現時在我家裡，我要你陪她去談談。你家裡有客，只好算了。」說著轉身正待要走。那位張太太已把椅子背上的大衣提起，搭在手臂上。她向陶太太點個頭道：「我的話說到這裡為止，諸事拜託了。陶先生回來了，務必請他到我那裡去一趟。我在重慶，沒有靠得住的人可托。你是我親同鄉，你們不能見事不救呀。」說著，眼圈兒又是一紅，最後那句話，她是哽咽住了，差點兒要哭了出來。

陶太太向前握了她的手道：「你放心吧。我們盡力和你幫忙。事已至此，著急也是無用。張先生一定會想出一個解決的辦法來的。」那張太太無精打采的，向二人點點頭，輕輕說句再見，就走了。

魏太太道：「我看這樣子，又是鬧家務的事吧？」陶太太道：「誰說不是？唉！這年頭這樣的事就多了。」魏太太搖搖頭道：「這抗戰生活，把人的脾氣都逼出來了。夫妻之間，總是鬧彆扭。」陶太太道：「他們夫妻兩個，倒是很和氣的。」

魏太太道：「既是很和氣的，怎麼還會鬧家務？」陶太太道：「唉！她是一位抗戰夫人。前兩天，那位在家鄉的淪陷夫人，追到重慶來了。人家總還算好，不肯冒昧地找上門來，怕有什麼錯誤，先住在旅館裡，把張先生由機關裡找了去。張先生也是不善於處理，沒有把人家安頓得好。不知是哪位缺德的朋友，和她出了一條妙計，寫了一段啟事在報上登著。這啟事絲毫沒有攻擊張先生和抗戰夫人的意思。只是說她在淪陷區六年，受盡了苦，現在已帶了兩個孩子平安到了重慶，和外子張某人聚首，等著把家安頓了，當和外子張某人，分別拜訪親友。這麼一來，我們這位同鄉的何小姐，可就撕破了面子了。她向來打著正牌兒張太太的旗號在社會上交際，而且常常還奔走婦女運動。於今又搬出一個張太太來，還有兩個孩子為證。你看，這幕揭開，凡是張先生的友好，誰人不知？這位何小姐氣就大了，要張先生也登報啟事，否認有這麼一個淪陷夫人。張先生怎麼敢呢？而且何小姐也根本知道人家有原配在故鄉的。原以為一個在淪陷區，一個在自由區，目前總不會碰頭。將來抗戰結束了，她和張先生遠走他方，躲開那位淪陷夫人。不想人家來得更快，現在就來了，而且在報上正式宣布身分。她根本裝著不知道有一位抗戰夫人，連事實都抹煞了，這讓何小姐真不知道用什麼手法來招架。」

魏太太聽到抗戰夫人這個名詞，心裡已是不快活，再經她報告那位淪陷夫人站的腳跟之穩，用的手腕之辣，可讓她聯想到將來命運的惡劣。陶太太見她呆呆地站在屋子中間，便道：「走吧，不是胡太太在等著我嗎？」魏太太道：「你看到胡太太，不要提剛才這位張太太的事。」陶太太道：「她和張先生認識嗎？」魏太太道：「她家不正也在鬧這同樣的事嗎？她的胡先生也在外面談愛情呢。」

陶太太道：「原來她是為這個事鬧家務。女人的心是太軟了。像我們這位同鄉何小姐，明知道張先生有太太有孩子，被張先生用一點手腕，就嫁了他了。胡先生家裡發生了問題，又不知道是哪一位心軟的女人上了當。」魏太太道：「你倒是同情抗戰夫人的。」陶太太道：「女人反正是站在吃虧的一方面，淪陷夫人也好，抗戰夫人也好，都是可以同情的。」魏太太昂起頭來，長長地嘆了一口氣。

陶太太聽她這樣嘆氣，又看她臉色紅紅的，她忽然猛省，陶伯笙曾說過，她和魏端本是在逃難期間結合的，並沒有正式結婚。兩個人的家庭，向來不告訴人，誰也覺得裡面大有原因。現在看到她對於抗戰夫人的消息，這樣地感著不安，也就猜著必有相當關聯。越說得多，是讓她心裡越難受。便掉轉話風道：「胡太太在你家等著，想必是找牌腳，可惜老陶出去得早一點。要不然，你兩個人現成，再湊一角就成了。走，我看胡太太去。」說著，她倒是在前面走。

魏太太的心裡，說不出來有一種什麼不痛快之處，帶著沉重的腳步，跟著陶太太走回家來。胡太太正皺著眉坐了吸菸呢，因道：「你們談起什麼古今大事了，怎麼談這樣的久？老魏，你皺了眉頭幹什麼？」魏太太走進門就被人家這樣地盤問著。也不曾加以考慮，便答道：「陶太太家裡來一位女朋友，也在鬧家務，我倒聽了和她怪難受的。」胡太太道：「免不了又是丈夫在外面作怪。」

魏太太答覆出來了，被她這一問，覺得與胡太太的家務正相反，那位張太太的立場，是和胡太太相對立的，說出來了，她未必同情，便笑道：「反正就是這麼回事。說出來了，不過是添你的煩惱而已。」胡太太鼻子裡哼上了一聲，擺一擺頭道：「我才犯不上煩惱呢。我成竹在胸，非把那個下流女人驅逐出境不可。」

她坐了說著，兩個手指夾住菸卷，將桌沿撐住在手肘拐，說完之後，把菸卷放到嘴裡吸上一口，噴出一口煙來。她雖是對了女友說話，可是她板住臉子，好像她指的那女人就在當面，她要使出一點威風來，陶太太笑道：「怎麼回事，我還摸不清楚哩。」

胡太太將旁邊的椅子拍了兩拍，笑道：「你看我氣糊塗了，你進了門，我都沒有站起身來讓座。這裡坐下吧，讓我慢慢地告訴你。你對於先生，是個有辦法的人，我特意請你來領教呢。」陶太太坐下了，她也不須人家再問，又把她對魏太太所說的故事，重新敘述了一遍。她說話之間，至少十句一聲下流女人。她說：「下流女人，實在也沒有人格，哪裡找不到男人，卻要找人家有太太的人，就算成功了，也不過是姨太太。作女人的人，為什麼甘心作姨太太？」

魏太太聽了這些話，真有些刺耳，可又不便從中加以辯白，只好笑道：「你們談吧，我幫著楊嫂作飯去。」說著，她就走了。一小時後，魏太太把飯菜作好了，請兩位太太到隔壁屋子裡去吃飯。胡太太還是在罵著下流女人和姨太太。魏太太心裡想著，這是個醉鬼，越胡越亂，也就不敢多說引逗話了。

飯後，胡太太自動地要請兩位聽夜戲，而且自告奮勇，這時就去買票。兩位太太看出她有負氣找娛樂的意味，自也不便違拂。胡太太走了，陶太太道：「這位太太，大概是氣昏了，頗有些前言不符後語，她說饒了胡先生一上午，下午再和他辦交涉。可是看她這樣子，不到夜深，她不打算回去，那是怎麼回事？」魏太太道：「誰又知道呢？我們聽她的報告，那都是片面之詞呀。我聽人說，她和胡先生，也不是原配，她左一句姨太太右一句姨太太，我疑心她或者是罵著自己。」陶太太抿嘴笑著，微微點了兩點頭。

魏太太心中大喜，笑問道：「你認識她在我先，你知道她是和胡先生怎麼結合的嗎？」陶太太笑道：「反正她不是胡先生的原配太太……」她這句話不曾說完，他們家劉嫂匆匆地跑了來道：「太太，快回去吧，那位張太太和張先生一路來了。」陶太太說句回頭見，就走了。

魏太太獨坐在屋裡，想著今日的事，又回想著，原是隨便猜著說胡太太不是原配，並無證據，不過因為她和胡先生的年齡，差到十歲，又一個是廣東人，一個是山西人，覺得有些不自然而已，不想她真不是原配。那麼，她為什麼說人家姨太太？於今像我這樣同命運的女人，大概不少。她想著想著，又想到那位張太太，倒是怪可同情的，想到這裡，再也忍耐不住，就把那裝了錢的皮包鎖在箱子裡，放心到陶家來聽新聞。

這時陶伯笙那屋子裡，張太太和一個穿西服的人，坐著和陶太太談話。魏太太剛走到門口，那張太太首先站起來，點著頭道：「請到屋裡坐坐吧。」魏太太走進去了。

陶太太簡單介紹著，卻沒有說明她和張太太有何等的關係。張先生卻認為是陶太太的好友，被請來作調人的。便向她點了個頭道：「魏太太，這件事的發生是出於我意料的。我本人敢起誓，決無惡意。事已至此，我有什麼辦法，只要我擔負得起的，我無不照辦。」他說了這麼一個囫圇方案，魏太太完全莫名其妙，只微笑笑。

張太太倒是看出了她不懂，她是願意多有些人助威的，也就含混地願意把魏太太拉為調人。她挺著腰子在椅子上坐著，將她的一張瓜子臉兒繃得緊緊的。她有一雙清秀明亮的眼睛，疊著雙眼皮，但當她繃著臉子的時候，她眼皮垂了下來，是充分地顯示著內心的煩悶與憤怒。她身穿翠藍布罩衫，是八成新的，但胸面前隱隱地畫上許多痕跡，可猜著那全是淚痕。她肋下紐袢上掖著一條花綢手絹，拖得長長的。這也可見到她是不時地扯下手絹來擦眼淚的。

魏太太正端相了她，她卻感到了魏太太的注意。因道：「魏太太，你想我們年輕婦女，都要的是個面子。四五年以來，相識的人，誰不知道我嫁了姓張的，誰不叫我一聲張太太。現在報上這樣大登啟事，把我認為什麼人？難道我姓何的，是姓張的姘頭？」

張先生坐在裡面椅子上，算是在她身後，看不到她的臉子。當她說的時候，他也是低了頭，只管用兩手輪流去摸西服領子。他大概是四十上下年紀了。頭頂上有三分之一的地方，已經謝頂，黃頭皮子，光著發亮。後腦雖也蓄著分髮，但已稀薄得很了。他鼻子上架了一副大框眼鏡，長圓的臉子，上半部反映著酒糟色，下半部一大圈黑鬍樁子，由下巴長到兩耳邊。這個人並不算什麼美男子，試看張太太那細高條兒，清秀的面孔，穿上清淡的衣服，實在可愛，為什麼嫁這麼一個中年以上的人作抗戰夫人呢？她頃刻之間在雙方觀察下，發生了這點感想。

那張先生卻不肯接受姘頭這句話。便站起來道：「你何必這樣糟蹋自己。無論怎麼著，我們也是眷屬關係吧？」張太太也站起來，將手指著他道：「二位聽聽，他現在改口了，不說我是太太，說我是眷屬。我早請教過了律師，眷屬？你就說我是姨太太。你姓張的有什麼了不起，叫我作姨太太。你的心變得真快呀。你害苦了我了。我一輩子沒臉見人。你要知道，我是受過教育的人啦。我真冤屈死了。」她越說越傷心，早是流著淚，說到最後一句，可就哇的一聲哭了起來了。

張先生紅著臉道：「這不像話，這是人家陶太太家裡，怎麼可以在人家家裡哭？」張太太扯下紐袢上的手絹，擦著眼淚道：「人家誰像你鐵打心腸，都是同情我的。」那張先生本來理屈，見抗戰夫人一哭，更沒有了法子，拿起放在幾上的帽子，就有要走的樣子。

張太太伸開手來，將門攔著，瞪了眼道：「你沒有把條件談好，你不能走。」張先生道：「你並不和我談判，你和我鬧，我有什麼法子呢？」陶太太也站起來，帶笑攔著道：「張先生，你寬坐一會，讓我們來勸解勸解吧。憑良心說，何小姐是受著一點委屈的。怎麼著，你們也共過這幾年的患難，總要大家想個委曲求全的辦法。」

張先生聽說，便把拿起來了的帽子復又放下，向陶太太深深地點了兩點頭，表示著對她的話，是非常之贊同。笑道：「誰不是這樣的說呢？報上這段啟事，事先我是絕不知道。既然登出來了，那是無可挽回的事。」張太太道：「怎麼無可挽回？你不會登一段更正的啟事嗎？」

張先生並不答覆她的話，卻向陶太太道：「你看她這樣地說話，教我怎麼做得到，這本來是事實，我若登啟事，豈不是自己給人家把柄，拿出犯罪的證據嗎？」張太太掉轉臉來，向他一頓腳道：「你太偏心了，你怕事，你怕犯罪，就不該和我結婚。你非登啟事更正不可。你若不登啟事，我就到法院裡去告你重婚，你欺騙我逃難的女子。」

張先生紅著臉坐下了，將那呢帽拿在手上盤弄，低頭不作聲。張太太道：「你裝聾作啞，那不成！我的親戚朋友現在都曉得你原來有老婆的了，我現在成了什麼人，你必得在報上給我挽回這個面子。你你你……」越說越急，接連地說了幾個你字，還交代不出下文來。

張先生道：「你不要逼我，我辦不到的事，你逼死我也是枉然。我曾對你說了，大家委曲求全一點，那啟事你只當沒有看到就是了。」說時還是低了頭弄帽子。張太太也急了，站在椅子邊，將那椅靠拿著，來回地搖撼了幾下，搖得椅子腳碰地，叮噹有聲。她瞪了眼道：「你這是什麼話？我只當沒有看到？就算我當沒有看到，我那些親戚朋友，也肯當沒有看到嗎？人家現在都說我是你姓張的姨太太，我不能受這個侮辱。」

陶太太向前，將她拉著在床沿上坐下，這和張先生就相隔得遠了，中間還有一張四方桌子呢。陶太太也挨了她坐下，笑道：「這是你自己多心，誰敢說你是姨太太呢？你和張先生在重慶住了這多年，誰不知道你是張太太？你和張先生結婚的時候，你是一個人，他也是一個人，怎麼會是姨太太？誰說這話，給他兩個耳光。」

魏太太坐在靠房門的一張方凳上，聽了這話，讓她太興奮了，突然站起來，鼓著掌，高喊了兩個字：「對了！」張先生坐在桌子那邊，這算有了說話的機會了。便道：「我也是這樣說。我覺得彼此不相犯，各過各的日子，名稱上並不會發生問題，反正生活費，我決計負擔。」

張太太道：「好漂亮話！你這個造孽的公務員，每月有多少錢讓你負擔這個生活那個生活。」陶太太笑道：「我的太太，你別起急，有話慢慢地商量。若是像你這樣，張先生一開口，你就駁他個體無完膚，這話怎麼說得攏？這幾年來你們很和睦的，絕不能因為出了這麼一個岔，就決裂了。張先生的意思，完全還是將就著你，向妥協的路上走。」

張太太坐在床沿上，兩腳一頓道：「他將就著我嗎？這一個星期，每日他都是回家來打個轉身就走了，好像凳子上有釘子，會扎了他的屁股。我原來也還忍讓著，隨他去打這個圓場，他反正是硬不起腰桿子來的人，開一隻眼閉一隻眼，暫且不必把這事揭開來鬧。可是自這啟事登出來之後，他索性兩天不露面。這分明是他有意甩開我，甩開我就甩開我，只要他三天之內，不在報上登出啟事來，我就告他騙婚重婚。」

陶太太插一句話，問道：「你那啟事，要怎樣的登法呢？」張太太道：「我要他說明某年某月某日，和我在重慶結婚。他不登也可以，我來登，只要他在原稿上蓋個章簽個字。」陶太太微笑了笑，卻沒作聲。

張先生覺得作調人的也不贊同了，自己更有理。便道：「陶太太你看，這不是讓我作繭自縛嗎？」張太太道：「怎麼人家可以登啟事，我就不能登啟事？」張先生苦笑道：「你要這樣說，我有什麼法子？你能說登這樣的啟事，不要一點根據嗎？你這樣辦，不見得於你有利的。你拿不出根據來，你也是作繭自縛。」張太太道：「好，你居然說出這樣的話來。你這狼心狗肺的東西。」張先生紅了臉道：「你罵得這樣狠毒，我怎麼會是狼心狗肺？」張太太道：「我怎麼會拿不出根據來？你說你說。」說著，挺胸站了起來。

張先生再無法忍受了，一拍桌子，站起來道：「我說，我說。我和你沒有正式結婚，我家裡有太太，你根本知道，你有什麼證據告我重婚。我們不過是和奸而已。」他說著，拿起帽子，奪門而出。走出房門的時候，和魏太太挨身而過，幾乎把魏太太撞倒，張太太連叫你別走，但是他哪裡聽見，他頭也不回地去遠了。

張太太側身向床上一倒，放聲大哭。陶太太和魏太太都向前極力地勸解著，她方才坐起來，擦著眼淚道：「你看這個姓張的，是多麼狠的心。他說和我沒有正式結婚倒也罷了。他竟是說和我通姦，幸而你兩位全是知道我的。若在別地方這樣說了，我還有臉做人嗎？」說著，又流下淚來。

陶太太道：「你不要光說眼前，你也當記一記這幾年來他待你的好處。」張太太道：「那全是騙我的。他曾說了，抗戰結束，改名換姓，帶我遠走高飛，永不回老家。現在抗戰還沒有結束呢，他家裡女人來了，就翻了臉了。大後方像我這樣受騙的女人就多了，我一定要和姓張的鬧到底，就算是抗戰夫人吧，也讓人家知道抗戰夫人絕不是好惹的。」

魏太太眼看這幕戲，又聽了許多刺耳之言，心裡也不亞於張太太那分難受，只是呆住了聽陶張兩人一勸一訴，還是楊嫂來叫，胡太太買戲票子來了，方才懶洋洋地回家去。

第十四回　一場慘敗

胡太太說是買戲票子來了，魏太太相信是真的有戲可看。回家見著她的面，就笑道：「你買了幾張票？也許要去的，不止我和陶太太。」胡太太先是瞇著眼睛一笑，然後抓住她的手笑道：「不聽戲了，我們過南岸去唆它半天。」

魏太太道：「不錯，羅致明家裡有個局面，你怎麼知道的？」胡太太道：「也許無巧不成書。我去買戲票順便到商場裡去買兩條應用的手帕，就遇到了朱四奶奶。她說，她答應了羅太太的約會今天到南岸去賭一場，叫我務必參加。」

魏太太道：「朱四奶奶？這是重慶市上一個有名的人物。常聽到人說，她坐了小汽車到郊外去趕賭場。人家可是大手筆，我們這小局面，她也願意參加嗎？」胡太太笑道：「我就是這樣子問過她的。她說，誰也想在賭場上贏錢，大小有什麼關係，無非是消遣而已。我想，這個人我們有聯絡的必要，你也去一個好不好？」

魏太太笑道：「我怎麼攀交得上呢？你是知道的，那種大場面我沒有資本參加。」胡太太道：「羅家邀的角，還不是我們這批熟人？我想，也不會是什麼大賭。」

魏太太站起沉吟了一會子看看床頭邊那兩口箱子。她聯想到那小箱子裡還有魏先生留在家裡的十五萬元。雖然這裡只有兩萬元屬於自己的，但暫時帶著去充充賭本，壯壯面子，並沒有關係。反正自己立定主意，限定那兩萬元去輸，輸過了額就不賭，這十三萬元還可以帶回來。胡太太看她出神的樣子，便笑道：「那沒有關係，你若資本不夠，我可以補充你兩萬元。」

魏太太道：「錢我倒是有。不過……」她說時，站在屋子中間，提起一隻腳來，將腳尖在地面上顛動著。胡太太道：「有錢就好辦，你還考慮什麼？走走，我們就動身。」

魏太太道：「你還是一個人去吧。」她說時，臉上帶了幾分笑意。胡太太道：「不要考慮了。魏先生回來了，你就是說我邀你出去的。」魏太太道：「他管不著我。」胡太太道：「既是這麼著，我們就走吧。」說著，抓住魏太太的袖子，扯了幾下。

魏太太笑道：「我就是這樣走嗎？也得洗把臉吧？」胡太太聽她這樣一說，分明是她答應走了。便笑道：「我也得洗把臉，不能把這個哭喪著的臉到人家去。」魏太太藉著這個緣故，就叫楊嫂打水。她洗過臉，化過妝，把箱子裡裝的十幾萬元鈔票，都盛在手皮包裡。

胡太太看到她收鈔票，便笑道：「哦！原來你資本這樣充足，裝什麼窘，還說攀交不上呢。」魏太太笑道：「這不是我的錢。」胡太太道：「先生的錢，還不就是太太的錢嗎？走吧。」說時，拉了魏太太的袖子就往外面拉出去。

到了大門外，魏太太自不會有什麼考慮，一小時又半以後，經過渡輪和滑竿的載運，就到了羅致明家了。羅家倒是一幢瓦蓋的小洋房，三明一暗的，還有一間小客廳呢。客廳裡男男女女，已坐著五六位，范寶華也在座。其中一位女客，穿著淺灰嗶嘰袍子，手指上戴了一枚亮晶晶的鑽石戒指，那可以知道就是朱四奶奶了。羅致明夫婦，看到又來了兩位女賓，這個大賭的局面就算告成，特別忙著起勁。

胡太太表示她和朱四奶奶很熟，已是搶先給魏太太介紹。這位朱四奶奶雖然裝束摩登，臉子並不漂亮，額頭向前突出，眼睛向裡凹下，小嘴唇上，頂了個蒜瓣鼻子。儘管她皮膚雪白細嫩，並不能給予人一個愛好的印象。也許她自己有這樣一點自知之明，對於青年婦女而又長得漂亮的，是十分地歡喜。立刻走向前和魏太太拉著手笑道：「我怎麼稱呼呢？還是太太相稱？還是小姐相稱呢？你這樣年輕，應該是小姐相稱為宜呢。」胡太太笑道：「她姓田，你就叫她田小姐吧。」

朱四奶奶將身子一扭，笑著來個表演話劇的姿勢，點了頭道：「哦！田小姐，田小姐我們好像是在哪裡見過，也許是哪個舞廳吧。」魏太太笑道：「我不會跳舞。」朱四奶奶偏著頭想了一想，因道：「反正我們是在哪裡見過吧。」說著，她果然就像彼此交情很深似的，於是拉著魏太太的手，同在旁邊一張籐製的長椅子上坐下。

羅致明點點人數，已有八位之多，便站在屋子中間，向四處點著八方頭，笑道：「現在就入場嗎？一切都預備好了。」胡太太笑道：「忙什麼？我們來了，茶還沒有喝下去一杯呢。」羅致明道：「這有點原因，因為四奶奶在今天九點鐘以前必須回到重慶，同時范先生他也要早點回去。」四奶奶笑道：「可別以我的行動為轉移呀。我不過是臨時參戰。我希望我走了，各位還繼續地向下打。」

這位主婦羅太太打扮成個乾淨俐落的樣子，穿件白色沿邊的黑綢袍子，兩隻手洗得白淨淨的，手裡捧著一面洋瓷托盤，裡面堆疊著大小成捆的鈔票。只看她長圓的瓜子臉上，兩顆溜轉的眼睛，一笑酒窩兒一掀，眼珠隨了一動，表示著她精明強幹的樣子。魏太太笑道：「哎呀！羅太太預備的資本不少。」

她道：「全是些小額票子，有什麼了不起。因為有好幾位提議，今天我們打小一點，卻又不妨熱鬧一點，所以我們多預備一些鈔票。」她們這樣問答著。男女客人，都已起身。

羅家的賭場就在這小客廳隔壁，似乎是向來就有準備的。四方的一間小屋子，正中擺了一張小圓桌，圓桌上厚厚的鋪著棕毯。兩方有玻璃窗的地方，在玻璃上都擋上了一層白的薄綢，圍著桌子的木椅子全都墊了細軟的東西。在重慶的抗戰生活，中產之家，根本沒有細軟的座位。桌椅也不少是竹製品，更談不上什麼桌毯和椅墊了。今天羅家這份排場，顯著有些特別，大家隨便地坐下，羅致明就拿了兩盒嶄新的撲克牌，放在桌毯中心。羅太太像作主人的樣子，坐在圓桌面下方。魏太太胡太太朱四奶奶一順兒向上坐著，都在桌子的左邊，此外便是男客。除一個范寶華之外，是趙經理朱經理吳科長。這位吳科長，是客人中最豪華的一位，三十多歲，穿一套真正來自英國皇家公司的西裝。灰色細呢上略略反出一道紫光。他像奶奶似的手指上戴了一枚亮晶晶的鑽石戒指，富貴之氣逼人。

魏太太心裡，立刻發生了個感想，在這桌上，恐怕要算自己的身分最窮，今天和這些人賭錢必須穩紮穩打。這些人的錢，都是發國難財來的，贏他們幾文，那是天理良心。贏不到也不要緊，千萬可別財趕大伴，讓他們贏了去。他們贏了我的錢，還不夠他們打發小費的呢。這樣想著，自己就沒有作聲，悄悄地坐在主婦旁邊。

羅太太道：「我們要扳坐嗎？」說時，她拿了一副撲克牌在手上盤弄著。她眼望了大家帶著三分微笑。朱四奶奶道：「我們打小牌，無非是消遣而已。誰也不必把這個過分地認真。現在我們男女分座，各占一邊，這就很好。各位，不會疑心我們娘子軍勾結一致嗎？」她說著話，把嘴唇裡兩排雪白的牙齒笑著露出，眼珠向大家一睃。這幾位男客同聲笑著說不敢不敢。吳科長便道：「男女分座，這樣就好，我們尊重四奶奶的高見。」這樣說著，又讓魏太太心裡想著，人家都說朱四奶奶交際很廣，是個文明過分的人。現在看來，在賭場上還要講過男女分座，也不是相傳的那些謠言了，於是對四奶奶又添加了幾分好感。

主婦這時已向大家徵求得同意，起碼一千元進牌。五萬元一底，而且好幾人聲明著，這只是大家在一處玩玩，不必打大的。魏太太心中估計，這已和自己平常小賭，大了一半，可能輸個十萬八萬的，非打得穩不可。在這桌上，只有一小半人的性格是熟的，在最先的半小時內，只可作個觀場的性質，千萬得忍住了，不可鬆手。

她這樣地想著，在二十分鐘內，已把這些男賓的態度看出來了，那位吳科長完全是個大資本家的作風，無論有牌無牌，總得跟進，除非牌過於惡劣，不肯將牌扔下。至於手上有牌，只要是個對子，他就肯出到一萬兩萬的來打擊人。倘能抓著好牌，贏他的錢那是很容易的。宋經理是個穩紮穩打的人，還看不出他的路數。趙經理卻喜投機。女客方面，只有朱四奶奶是生手，看到賭錢倒是遊戲出之。

有了這樣的看法，魏太太也就開始下注子和人比個高下了。接著這半小時就贏了七八萬，其中兩次，都是贏著吳科長的。最後一次，他僅僅只有一個對子，就出著兩萬元，魏太太卻是三個九，她為了謹慎起見，並不在吳科長出錢之後，予以反擊。當她攤出牌來之後，朱四奶奶笑道：「魏太太，你為什麼不唆？」她道：「吳科長桌上亮出來的四張牌六七九十。假如他手上暗張是個八，我可碰了釘子了。」朱四奶奶搖著頭道：「吳科長面前，大概有八九萬元，他若是個順子，他肯和你客氣？他就唆了。」魏太太笑道：「我還是穩紮穩打吧。」她這樣說著，這件事自然也就算揭了過去。可是在牌桌上的戰友，也就認識她是一種什麼戰術。

又是牌轉兩周，吳科長牌面子上有兩張八，暗張是個A。他已經把面前八九萬元，輸得只剩三萬上下了。他造成最後那張八，並沒有考慮，把面前的鈔票向桌中心推著，叫了一聲唆。魏太太面前明張，是一張K，一張九，暗張也是個九。根據吳科長的作風，料著不會是三個頭。她自己是準贏了他的。不過後面還有兩張牌沒有來。知道他還會取得什麼。面前已是將贏得十幾萬元的鈔票，這很夠了。等這一小時過去，將這大批現鈔納進皮包，只把些零鈔應付局面，今天就算沒有白來。她想著是對的，把牌扔了。下家是胡太太，倒是跟進散牌的人，將一張明牌向她面前一丟，可不就是一張九嗎？魏太太兩腳在地上齊齊一頓，嗐了一聲。結果，吳科長還是兩張八和一個A，並沒有進得好牌。胡太太卻以一對十贏了他的錢。

朱四奶奶將手拍了魏太太的肩膀道：「你也太把穩了。這桌上你的牌風很好，你這樣打，不但是錯過機會，而且會把手打閉了的。」魏太太笑道：「我這個作風也許是不對。但是冒險的時候就少得多了。」她嘴裡是這樣的說了可是心裡卻未嘗不後悔。她轉一個念頭，趁著今天的牌風很好，在座的全是財神，撈他們幾個國難財有何不可。

正在這樣想著，那位吳科長已是在口袋裡一掏，掏出一疊五元一張的美鈔，向面前一放，還用帶著鑽石戒指的手，在鈔票上拍了兩拍，笑道：「美鈔怎樣的算法？」羅太太笑道：「我們可沒有美鈔奉陪。吳科長先換了法幣去用，好不好？用什麼價錢換出來，你再用什麼價錢收回去。」

吳科長在身上掏出一隻扁平的賽銀盒子和一隻打火機。從容地打開盒子取了紙菸銜著，將打火機亮著火，吸著紙菸。同時，把開了蓋的紙菸盒子托在手上，向滿桌的男女賭友敬著紙菸，表示著他那份悠閒。魏太太倒是接受了他一支菸，自擦了火柴吸著；覺得那煙吸到口裡香噴噴的，甜津津的，這絕不是重慶市上的土製菸。心裡立刻也就想著，這小子絕對有錢，贏他幾張美鈔，在他是毫無所謂的。

她心裡有個這麼一個念頭，機會不久也就來了。有一副牌，吳科長面前攤開了四張紅桃子同花，牌點子是四六八Q。他卻擲出了四張美鈔。共計二十元。他微笑道：「就算四萬吧。」魏太太看看，這除了他是同花，配合那張暗牌，最大不過是一對Q，實在不足為懼，照著他那專用大注子嚇人的脾氣，就可以贏他這注美鈔，自己正有一對老K呢。她輪著班次，卻在朱四奶奶的下手，而朱四奶奶面前擺了一對明張十，她卻說聲唆了，把面前一堆鈔票推出去，約莫是六七萬元。

魏太太見已有一個人捉機，就沒有作聲。而吳科長並不退讓，問道：「四奶奶，你那是多少錢？」四奶奶笑道：「你還要看我的牌嗎？」吳科長笑道：「至多我再出十元美金，我當然要看。」四奶奶笑道：「那也好，我們來個君子協定，我也出三十元美金。免得點這一堆法幣。各位同意不同意？」大家要看看他兩人賭美金的熱鬧，並不嫌破壞法規，都說可以可以。

四奶奶果然打開懷裡手皮包，取出三張十元美金，向桌心裡一扔，把原來的法幣收回。吳科長更不示弱，又取了兩張五元美鈔，加到註上。四奶奶把桌上那張暗牌翻過來，猛可地向桌毯上一擲，笑道：「三個十，我認定你是同花，碰了這個釘子了。」吳科長也不亮牌，將明暗牌收成一疊，抓了牌角，當了扇子搖，向四奶奶揮著道：「你真有三個十！你拿錢。」四奶奶點著頭，笑著說聲對不起，將美鈔和其他的法幣賭注，兩手掃著，一齊歸攏到桌前。將自己三十元美鈔提出，拿著向大家照照，笑道：「這算是奧賽的，原來代表我面前法幣唆哈的，我收回了。」說著，她將三十元美金收回了皮包。

魏太太看著，心想，吳科長果然只是拿一對投機的。若不是四奶奶有三個十，自己可贏得那三十元美金了。這時，桌上有了兩家在拿美金來賭，也正是都戴了鑽石戒指的。現在不但是可注意吳科長，也可注意四奶奶，她已是十萬以上的贏家了。

由此時起，她就和朱吳二人很碰過兩回，每次也贏個萬兒八千的。有次朱四奶奶明張一對四，一個A，出三萬元。魏太太明暗九十兩對，照樣出錢。范寶華明張只是兩個老K，卻唆了。看那數目，不到五萬，朱四奶奶已跟進，魏太太有兩對，勢成騎虎，也不能犧牲那四萬元，也只好跟進。第五張牌攤出的結果，范寶華是三個老K，他贏了。

不久吳科長以一對七的明張，和范寶華的一對九明張比上，又是各出三萬元。魏太太是老K明暗張各一，一張J，一張A，自然跟進，到了第五張，明張又有了一對A。這樣的兩大對，有什麼不下注？把桌前的五六萬元全唆。她見范吳二位始終還是明張七九各一對，他們的牌絕不會大於自己。因為他們的暗張，若是七或九，各配成三個頭的話，早就該唆了，至少也出了大注了。尤其是吳科長，沒有什麼牌也下大注，他若有三張七，決忍不住而只出三萬元。那麼這牌贏定了。

可是事實不然，范寶華在吳科長上手出了注看牌。吳科長把起手的一張暗牌翻過來亮一亮，就是一張七。笑道：「這很顯然，范先生以明張一對九，敢看魏太太明張一對A和一個老K，一個J，必是三個九，我派司了。」范寶華笑道：「可不就是三個九。」說著，把那張暗牌翻過去，笑問道：「魏太太，你是三個愛斯嗎？」她見范寶華肯出錢，心裡先在碰跳，及至那張九翻出來，她的臉就紅了。將四張明牌和那張暗牌和在一處，向大牌堆裡一塞，鼻子裡哼了一聲搖搖頭道：「又碰釘子。」說畢，回轉頭來向胡太太道：「你看，這牌面取得多麼好看。那個愛斯，竟是催命符呢。」胡太太道：「那難怪你，這樣好的牌，我也是會唆的。你沒有打錯。」

魏太太雖輸了錢，倒也得些精神上的鼓勵，更不示弱。最先拿出來的五萬元法幣，已是輸光了。於是把皮包打開又取出五萬元來。她原來的打算是穩紮穩打，在屢次失敗之下，覺得穩打是不容易把錢贏回來的，於是得著機會，投了兩次機。恰是這兩回又碰到了趙經理范寶華有牌，全被人家捉住了。五萬元不曾戰得十個回合，又已輸光。

魏太太心裡明白，這個禍事惹得不小。那帶來的十五萬元，有十三萬元是丈夫和司長匯款的款子，決移動不得。於今既是用了一半，回得家去，反正是無法交代。索性把最後的五萬元也拿出一拚。再也不想贏人家的美金了。只要贏回原來的十萬元就行。贏不了十萬，贏回八萬也好。否則絲毫補救的辦法沒有，只有回家和魏端本大吵一頓了，就是拚了大吵，自己實在也是短情短理，不把這筆賭本撈回來，那實在是無面目見丈夫的。一不作，二不休，不賭毫無辦法，而且牌並沒有終場，自己表示輸不起了下場，對於今天新認識的朱四奶奶，是個失面子的事。

她一面心裡想著，一面打牌。兩牌沒有好牌，派司以後，也沒有動聲色。只是感覺到面孔和耳朵全在發燒。這其間在桌旁邊茶几上取了紙菸碟子裡的一支紙菸吸著，又叫旁邊伺候的老媽子，斟了一杯熱茶來喝。混到了發第四牌的時候，起手明暗張得了一對A這決沒有不進牌之理，於是打開懷裡的皮包，取出剩餘的五萬元，放在面前，提出三千元進牌。

這一牌，全桌沒有進得好牌的，八個人，五個人派司，只有兩個人和魏太太賭，就憑了兩張Ａ贏得七八千元。這雖是小勝，倒給予了她一點轉機，自己並也想著，對於最後這批資本，必須好好處理，又恢復到穩紮穩打的戰術。這五萬元，果然是經賭，直賭到第三個小時，方才輸光。最後一牌，還是為碰釘子輸的。她突然由座位上站起來，兩手扶了桌沿，搖搖頭道：「不行。我的賭風，十分地惡劣，我要休息一下了。」說著她離開了賭場，走到隔壁小客室裡，在傍沙發式的籐椅子上坐下。那隻手提皮包她原是始終抱在懷裡的。

這時，趁著客室裡無人，打開來看了一看。裡面空空的，原來成卷的鈔票，全沒有了。其實她不必看，也知道皮包裡是空了的，但必須這樣看一下才能證實不是作一個噩夢。她無精打采地，兩手緩緩將手皮包合上，依然聽到皮包合口的兩個連環白銅拗紐嘎吒一響，這是像平常關著大批鈔票的響聲一樣。

她將皮包放在懷裡摟著，人靠住椅子背坐了，右手按住皮包，左手抬起來，慢慢地撫摸著自己的頭髮。她由耳根的發燒，感覺到心裡也在發燒。她想著想著，將左手連連的拍著空皮包，將牙齒緊緊地咬了下嘴唇皮，微微地搖著頭。心想自己分明知道這十五萬元是分文不能移動的錢，而且也決定了今天不出門，偏偏遇到胡太太拉到這地方來。越是怕輸，越是輸得慘。這款子在明日上午，魏端本一定要和司長匯出去的，回家去，告訴把錢輸光了，不會逼得他投河嗎？今天真不該來。她想著，兩腳同時在地面上一頓。

恰好在這個時候，胡太太也來了，她走到她身邊，彎了腰低聲問道：「怎麼樣？你不來了？」魏太太搖了兩搖頭道：「不能來了，我整整輸了十五萬元。連回去的轎子錢都沒有了。真慘！」說著，微微地一笑。胡太太知道這一笑，是含著有兩行眼淚在內的。她來，是自己拉來的，不能不負點道義上的責任，也就怔怔地站著，交代不出話來。

第十五回　鑄成大錯

魏太太是常常賭錢的人，輸贏十萬元上下，也很平常。自然，由民國三十三年，到民國三十四年，這一階段裡，十萬元還不是小公務員家庭的小開支。但魏太太贏了，是狂花兩天，家庭並沒有補益。輸了呢，欠朋友一部分，家裡拉一部分虧空，也每次搪塞過去。只有這次不同，現花花地拿出十五萬元鈔票來輸光了，而這鈔票，又是與魏先生飯碗有關的款子。回家去魏端本要這筆錢，把什麼交給他？縱然可以和他橫吵，若是連累他在上司面前失去信用，可能會被免職，那就了不得了。何況魏太太今日只是一時心動，要見識見識這位交際明星朱四奶奶。這回來賭輸，那是冤枉的。因此她在掃興之下，特別地懊悔。胡太太站在她面前，在無可安慰之下，默默地相對著。

魏太太覺得兩腮發燒，兩手肘拐，撐了懷裡的皮包，然後十指向上，分叉著，托了自己的下巴和臉腮。眼光向當面的平地望著。忽然一抬眼皮，看到胡太太站在面前，便用低微地聲音問道：「你怎麼也下場了？」胡太太道：「我看你在作什麼呢，特意來看看你的。」

魏太太將頭抬起來了，兩手環抱在胸前，微笑道：「你以為我心裡很是懊喪嗎？」胡太太道：「賭錢原是有輸有贏的，不過你今天並沒有興致來賭的。」魏太太沒說什麼，只是微微地笑著。胡太太笑道：「他們還打算繼續半小時，你若是願意再來的話，我可以和你充兩萬元本錢，你的意思怎麼樣？也許可以弄回幾萬元來。」

魏太太靜靜地想著，又伸起兩隻手來，分叉著托住了兩腮。兩隻眼睛，又呆看了面前那塊平地。胡太太道：「你還有什麼考慮的？輸了，我們就盡這兩萬元輸，輸光了也就算了。贏了，也許可以把本錢撈回幾個來，你的意思如何？」魏太太突然站起來，拿著皮包，將手一拍，笑道：「好吧。我再花掉這兩萬元。」胡太太就打開皮包提出兩萬元交給魏太太，於是兩個人故意帶著笑容，走入賭場。

女太太的行動，在場的男賓，自不便過問。魏太太坐下來，先小賭了兩牌，也贏了幾個錢，後來手上拿到K十兩對，覺得是個贏錢的機會，把桌前的鈔票，向桌子中心一推，說聲唆了。可是這又碰了個釘子，范寶華拿了三個五，笑嘻嘻地說了聲三五牌香菸，把魏太太的錢全數掃收了。魏太太向胡太太苦笑了一笑，因道：「你看，又完了。這回可該停止了。」說著，站了起來道：「我告退了。我今天手氣太閉。」

范寶華看到她這次輸得太多，倒是很同情的。便笑道：「大概還有十來分鐘你何不打完？我這裡分一筆款子去充賭本，好不好？」魏太太已離開座位了，點著頭道：「謝謝，我皮包裡還有錢呢？算了，不賭了。」說著，坐到旁邊椅子上去靜靜地等著。

十幾分鐘後，撲克牌散場了。朱四奶奶首先發言道：「我要走了。哪位和我一路過江去？」魏太太道：「我陪四奶奶走。羅太太，有滑竿嗎？」主婦正收拾著桌子呢，便笑道：「忙什麼的？在我這裡吃了晚飯走。」魏太太道：「不，我回去還有事。兩個孩子也盼望著我呢。」

范寶華胡太太都隨著說要走。主人知道，賭友對於頭家的招待，那是不會客氣的。這四位既是要走，就不強留，雇了四乘滑竿。將一男三女，送到江邊。過了江，胡太太四奶奶都找著代步，趕快地回家。魏太太和范先生遲到一步，恰好輪渡碼頭上的轎子都沒有了。魏太太走上江邊碼頭，已爬了二百多層石坡，站著只是喘氣。她一路沒有作聲，只是隨了人走，好像彼此都不認識似的。

這時范寶華道：「魏太太回家嗎？我給你找車子去。今天這碼頭上竟會沒有了轎子，也沒有了車子。」魏太太道：「沒有關係，我在街上還要買點東西，回頭趕公共汽車吧。」說時，向范寶華看看。見他夾著一個大皮包，因笑道：「范先生今日滿載而歸。」他道：「沒有贏什麼，不過六七萬元。」魏太太心裡有這麼一句話想說出來：范先生，我想和你借十二萬元可以嗎？可是這話到了舌尖上要說出來，卻又忍回去了，默然地跟著走了一截路。

這裡到范寶華的寫字間不遠。他隨便地客氣著道：「魏太太，到我號上去休息一下嗎？」魏太太道：「對了，這裡到你寫字間不遠。好的，我到你那裡去借個電話打一下。」范寶華也沒猜著她有什麼意思，引著她向自己寫字間裡走。

這已是晚上九點鐘了。這樓下的貿易公司，職員早已下了班。櫃檯裡面只有兩盞垂下來的小電燈亮著。上樓梯的地方，倒是大電燈通亮，還有人上下。范寶華一面上樓梯一面伸手到褲子插袋裡去掏鑰匙。口裡一面笑道：「我那個看門的聽差，恐怕早已溜開了。」接著，走到他寫字間門口，果然是門關閉上了。他掏出一把大鑰匙，將門鎖開著，推了門。將門框上的電門子扭著了電燈，笑道：「魏太太，請到裡面稍坐片刻，我去找開水去。」說著，扭身就走。當他走的時候，腳下噹的一聲響。魏太太只管說著不要客氣，他也沒有聽見。

她低頭看那發響的所在，是幾根五色絲線，拴著幾把白銅鑰匙。魏太太想起來了，前天到這裡來，看到范先生用這把鑰匙，開那裝著鈔票的抽斗，這正是他的；於是將鑰匙代為拾起，走進屋子去。屋子裡空洞洞的，連寫字臺上的文具，都已收拾起來，只有一盞未亮的檯燈，獨立在桌子角上。魏太太願意屋子裡亮些，把檯燈代扭著了，且架腿坐在旁邊沙發上。

但等了好幾分鐘范寶華並不見來。心裡也就想著，他來了，怎樣開口向他借錢呢？看他那樣子，倒是表示同情的，在賭桌上就答應借賭本給我，現在正式和他借錢，他應該不會推諉。今天不借一筆錢，回家休想過太平日子。只是自己要借的是十五萬，至少是十二萬元，他不嫌多麼？照說，他那桌子抽斗裡，就放有一二十萬現鈔，他是毫無困難可以拿出來的。他是個發國難財的商人，這全是不義之財。

想到這裡就不免對了那寫字臺的各個抽斗望著。手上拿了開抽斗的鑰匙呢，她托著鑰匙在手心上掂了兩掂。偏頭聽聽門外那條過道，並沒有腳步聲。於是站起身來，扶著門探頭向外看看，那走道上空洞洞的，只有屋頂上那不大亮的燈光，照著走廊裡黃昏昏的。魏太太咳嗽了兩聲，也沒有人理會。她心裡一動，鑰匙會落在我手上，這是個好機會呀。但立刻覺得有些害怕，莫名其妙地，隨手把這房門關上了。

關上門之後，對那桌子抽斗注視一下。咬著牙齒，微微點了兩點頭。看看手心，那開抽斗的鑰匙，還在手上呢，突然的身子一聳，跑了過去，在抽斗鎖眼裡，伸進鑰匙，把鎖簧打開了。她打開抽斗來，一點沒有錯誤，正是范寶華放現鈔的所在。那裡面大一捆小一捆的鈔票，全是比得齊齊地疊著。她挑了兩捆票額大，捆子小的在手，趕快揣進懷裡，然後再把抽斗鎖著。鑰匙捏在手心裡，搶到沙發邊，緩緩地坐下，遠遠的離開了這寫字臺。可是聽聽門外的走道，依然沒有腳步聲。在衣服裡面，覺得這顆心怦怦地亂跳，似乎外面這件花綢袍子，都被這心房所衝動。

坐了一會，起身將房門打開，探頭向外看看，走道上還是沒人。她手扶了門，出了一會神，心想，這姓范的怎麼回事？把我引進他屋子裡，他竟是一去無蹤影了。他莫非不存什麼好心？至少也是太沒有禮貌。一不作二不休，那抽斗裡還有幾捆鈔票，我都給它拿過來。

這回透著膽子大些了，二次關上了門，再去把抽斗打開，裡面共是大小三捆鈔票，把兩捆大的，先塞在桌子下的字紙簍裡，那捆小的，揣到身上短大衣插袋裡，立刻關上抽斗，並不加鎖。鑰匙由鎖眼裡拔出來，也放進衣袋裡。她回到沙發椅子上坐著，覺得手和腳有些抖顫，靠了沙發背坐著，微閉了一下眼睛，但還沒有一分鐘，她又跳起來了。先打開放在沙發上的手提包，然後將桌下字紙簍提出，將那兩大捆鈔票，向皮包裡塞著。無奈皮包口小，鈔票捆子大，塞不進去。她急忙中，將牙齒把捆鈔票的繩子咬著，頭一陣亂擺，繩子咬斷，於是把兩捆鈔票抖散了，亂塞進皮包裡去，那斷繩子隨手一扔，扔在沙發角上。鈔票雖是塞到皮包裡去了，可是票子超過了皮包的容量，關著口子，竟是合不攏來，她將皮包扁放在桌上，兩手按著，使勁一合，才算關上。

她低頭看看地下，還有幾張零碎票子，彎著腰把票子拾起，亂塞在大衣袋裡。將皮包摟在懷裡，坐在沙發上凝神一下，凝神之間，她首先覺得全身都在發抖，其次是看到摟著的這個皮包，鼓起了大肚瓤子，可以分外引人注意。到最後她看到房門是關的，檯燈是亮的，立刻站起來，將房門洞開著，又把檯燈扭熄了。二次坐下，又凝神在屋子四周看著，檢查檢查自己有什麼漏洞沒有？兩三分鐘之後，她覺得一切照常，並沒有什麼痕跡，於是牽了牽大衣衣襟，將皮包夾在肋下，靜等著范寶華回來。可是奇怪得很，他始終沒有回來。

魏太太突然兩腳一頓，站了起來，自言自語道地：「走吧，我還等什麼？」於是拉開房門人向外倒退出去，順手將房門帶上。她回轉身來，正要離去的時候，范寶華由走廊那頭來了。後面跟著一個聽差，將個茶托子，托著一把瓷咖啡壺，和幾個杯碟。

他老遠地一鞠躬道：「魏太太，真是對不起，遇到了這三層樓上幾位同寓的，一定拉著喝咖啡，我簡直分不開身來。現在也要了半壺來請魏太太。」她見了老范，說不出心裡是種什麼滋味，只覺得周身像篩糠似地抖著。咬緊了牙齒，深深地向主人回敬著點了個頭。笑道：「對不起，天氣太晚了。我……」她極力地只掙扎著說出兩句話來，到了第三句我家孩子等著的時候，她就說不出來了。

范寶華看到，這三層樓上，一點聲音沒有，而且天花板上的電燈，也並不怎樣的亮，再看看魏太太臉腮上通紅，眼光有些發呆，自己忽然省悟過來，這究竟不是賭博場上，有那些男女同座，這個年輕漂亮的少婦，怎好讓位孤單的男子留在房裡喝咖啡。便點了頭笑道：「那我也不強留了。」

魏太太緊緊地夾住了肋下那個皮包，又向主人一鞠躬。范寶華道：「我去和你雇一輛車吧。」她走了一截路，又回轉身來鞠了個躬，口裡道著謝謝，腳步並不肯停止，皮鞋走著樓板冬冬地響，一直就走下樓了。她到了大街上，這顆心還是亂蹦亂跳，自己直覺得六神無主。

看到路旁有人力車子，也不講價錢了，徑直地坐了上去，告訴車伕拉到什麼地方，腳頓了車踏板，連催著說走。同時，就在大衣袋裡，掏出幾張鈔票來。那車伕見這位太太這樣走得要緊，正站在車子邊，想要個高價。見她掏出了幾張鈔票，便問道：「太太，你把好多嗎？都是上坡路。」魏太太把那鈔票塞在車伕手上，又繼續地在大衣袋裡掏出兩張來塞過去，因道：「你去看吧，反正不少。」車伕看那鈔票，全是二十元的關金。心想，這是個有神經病的，沾點便宜算了，不要找麻煩。他倒是順了魏太太的心，很快地，把她拉到了家門口。

魏太太跳下車來，又在衣袋裡掏出幾張鈔票，扔在腳踏板上，手一指道：「車錢在這裡，收了去。」說完，她扭身就要走進家去，可是她突然地發生了一點恐慌，這樣子走回家去，好像有點不妥，回轉身來，又向街上走。

她這回走著，並沒有什麼目的。偶然地選擇了個方向，卻走進一爿紙菸店，及至靠近人家的櫃檯，才感覺到在平常，自己是不吸菸的。既然進來了，倒不便空手走出去，就掏出錢來，買了兩盒上等紙菸，買過菸之後，神志略微安定了一點，看到街對面糕餅店裡電燈通亮，這就走了進去，站在貨架子邊注視著。走過來一個店夥問道：「要買點什麼呢？」魏太太望了架子上擺著的兩層罐頭，懸起一隻站著的皮鞋尖，連連地顛動著，作個沉吟的樣子，應聲答道：「什麼都可以。」店夥望了她的臉色道：「什麼都可以？是說這些罐頭嗎？」魏太太連連的搖著頭道：「不，我要買點糖果給孩子吃。」店夥道：「囉！糖果在那邊玻璃罐子裡。」他說著還用手指了一指。

魏太太隨了他的手看去，見店堂中一架玻璃櫃子上擺了兩列玻璃罐子，約莫有十六七具，於是靠了櫃子站著，望了那些糖罐子，自言自語道地：「買哪一種呢？」店夥隨著走過來，對她微笑了一笑。她倒是醒悟過來了，便指著前面的幾個罐子道：「什錦的和我稱半斤吧。」那店夥依著她的話將糖果稱過包紮上了，交給了她。她拿了就走。店夥道：「這位太太，你還沒有給錢呢。」說著他搶行了一步，站在魏太太面前。

她哦了一聲道：「對不起，我心裡有一點事。多少錢？」店夥道：「二千四百元。」魏太太道：「倒是不貴。」於是在大衣袋裡一摸，掏出一大把鈔票，放在玻璃櫃上，然後一張一張地清理著，清出二十四張關金，將手一推道：「拿去。」說畢，把其餘的票子一把抓著，向大衣袋裡一塞。店夥笑道：「多了多了。你這是二拾元關金，六張就夠了。」魏太太哦呀了一聲道：「你看我當了五元一張的關金用了。費心費心。」於是提出六張關金付了帳，將其餘的再揣上，慢慢地走出這家店門，站在屋簷下，靜止了約莫三五分鐘，心裡這就想著，怎麼回事？我一點知覺都沒有了嗎？自己必得鎮定一點，回家去若還是這樣神魂顛倒的，那必會讓魏端本看出馬腳來的，於是扶了一扶大衣的領，把肋下的皮包夾緊了一點，放從容了步子，向家裡走了去。

到了門口，首先將手掌試了一試自己的臉腮，倒還不是先前那樣燒熱著的，這就更從容一點地走著。遇到店夥，還多餘地笑著和人家一點頭。穿過那雜貨店，到了後進吊樓第一間屋子門口時，看到屋子裡電燈亮著呢，知道是丈夫回來了，這就先笑道：「端本，你早回來啦。我是兩點多快到三點才出去的。」說著，將門一推，向裡看時，並沒有人。再回到自己臥室裡，門是敞開著的。兩個小孩，在床上翻斤斗玩，楊嫂靠了桌子角斜坐著，手裡托了一把西瓜子，在嗑著消遣呢。

魏太太問道：「先生還沒有回來嗎？」楊嫂道：「還沒有回來。」她笑道：「謝天謝地，我又幹了一身汗。」說著將皮包放在桌上，接著來脫大衣，但大衣只脫到一半的程度，她忽然想到周身口袋裡全是鈔票，這讓楊嫂看到了，那又是不妥。這一轉念，又把大衣重新穿起，因道：「你到灶房裡去，給我燒點水來吧。小孩子你也帶去，我這裡有糖給他們吃。」

說到糖，四周一看，並沒有糖果紙包。站著偏頭想了一想，因道：「楊嫂，你沒有看到我帶了一個紙包回來嗎？」楊嫂道：「你是空著手回來的。」魏太太道：「真是笑話。我買了半天的糖果，結果是空著兩手回來的。大概是在櫃檯子邊數錢的時候，只管清埋票子，我把糖果包子倒反是留在鋪子裡了。這好辦，你帶兩個孩子去買些吃的，我老遠地跑回來心裡慌得很，讓我靜靜地坐一會，不是心慌，不過是走亂了。囉！你這裡拿錢去。」說著，又在大衣袋裡掏了票子交給楊嫂。

楊嫂有她的經驗，知道這是女主人贏了錢的結果。給兩個孩子穿上鞋子，立刻帶了他們去買糖吃。魏太太始終是穿了夾大衣站在屋子裡，這才將房門關上，先把揣在身上的那三捆鈔票拿出來，托在手上看看，這都是五百元一張，或關金二十元的，匆匆地點了一點，每捆五萬，已是十五萬元了，先把這個送到箱子裡去關上，然後打開皮包，將那些亂票子，全倒在床上。

看時這裡有百元的，二百元的，四百元的，也有五十元的。先把四百元的清理出來，有兩萬多，且把它捆好，放在抽斗裡。再看零票子，還有一大堆，繼續地清理下去，恐怕需要一小時，那時候丈夫就回來了。於是在抽斗裡找出個舊枕頭套子，把鈔票當了枕頭瓤子，全給它塞了進去，隨著掀開床頭被褥，塞在褥子底下。看看床上並沒有零碎票子了，這才站起身，要把大衣脫下來。想到大衣袋裡還有錢時，伸手掏著，那鈔票是鹹菜似的，成團地結在一處。她也不看鈔票了，身子斜靠了床頭欄杆坐著，將一隻手撫摸了自己的臉腮，她說不出來是怎麼的疲倦，身子軟癱了，偏著頭對了屋子正中懸的電燈出神。

房門一推，魏端本走了進來了，他兩手抄著大衣領子，要扒著脫下來，看到太太穿了大衣，靠了床欄杆坐著，咦了一聲。魏太太隨著這聲咦，站了起來。魏端本兩手插在大衣袋裡問道：「什麼？這樣夜深，你還打算出去？」魏太太搶上前兩步，靠了丈夫站住，握了丈夫的手道：「你這時候才回來。我早就盼望著你了。」

魏端本握了她的手，覺得她的十個指頭陰涼。於是望了她的臉色道：「怎麼回事？你臉上發灰，你打擺子嗎？（川諺瘧疾之謂）」魏太太道：「我也不知道，只覺全身發麻冷，所以我把大衣穿起來了。」

魏端本道：「果然是打擺子，你看，你周身在發抖。你為什麼不睡覺？」魏太太道：「我等你回來呀。你今天跑了一天，你那錢……」

魏端本道：「你若是用了一部分的話，就算用了吧，我另外去想法子。」魏太太露著白牙齒，向他作了一個不自然的微笑，發灰的臉上，皮膚牽動了一下。因搖搖頭道：「我怎麼敢用？十五萬元，原封沒動，都在箱子裡。」

魏端本道：「那好極了。你就躺下吧。」說著，兩手微摟了她的身體，要向床上送去。她搖搖頭道：「我不要睡，我也睡不著。」魏端本道：「你不睡，你看身子只管抖，病勢來得很凶呢。」魏太太道：「我我是在發抖抖嗎？」她說到這句話，身子倒退了幾步，向床沿上坐下去。

魏端本扶著她道：「你不要胡鬧，有了病，就應當躺下去，勉強掙扎著，那是無用的。不但是無用，可能的，你的病，反是為了這分掙扎加重起來。你躺下吧。」說著，就來扯開疊著的被子。魏太太推了他的手道：「端本，你不要管我，我睡不著。我沒有什麼病，我心裡有事。」魏端本突然地站著離開了她，望了她的臉道：「你心裡有事？你把我那十五萬元全輸了？」魏太太兩手同搖著道：「沒有沒有，一百個沒有。不信，你打開箱子來看看，你的錢全在那裡。」

魏端本雖是聽她這樣說了，可是看她兩隻眼珠發直，好像哭出來，尤其是說話的時候，嘴唇皮只管顫動著，實在是一種恐懼焦慮的樣子。她說錢在箱子裡沒有動，那不能相信。好在兩個舊箱子，一疊的放在床頭邊兩屜小桌上，並不難尋找，於是走過去，掀開面上那個未曾按上搭扣的小箱子。他這一掀開蓋，他更覺著奇怪，三疊橡皮筋捆著的鈔票，齊齊地放在衣服面上。雖交錢給太太的時候，票子是沒有捆著的，但票子的堆頭卻差不多，錢果然是不曾動，那麼，她為什麼一提到款子，就覺慌得那個樣子？手扶了箱子蓋，望著太太道：「你不但是有病，你果然心裡有事。你怎麼了？你說。可別悶在心裡，弄出什麼禍事來呀！」這句禍事，正在魏太太驚慌的心上刺上了一刀，她哇哇地大哭起來，歪倒在床上了。

第十六回　杯酒論黃金

魏端本站在屋子中間，看到她這情形，倒是呆了。站著有四五分鐘之久，這才笑道：「這是哪裡說起，什麼也不為，你竟是好好地哭起來了。」魏太太哭了一陣子，在肋下抽出手絹來揉擦著眼睛，手扶了床欄杆，慢慢地坐了起來，又斜靠了欄杆半躺著。垂了頭，眼圈兒紅紅的，一聲不言語。

魏端本道：「你真是怪了。什麼也不為，你無端地就是這樣傷心。你若是受了人家的委屈的話，你告訴我，我可以和你作主。」魏太太道：「我沒有受什麼人的委屈。我也不要你作什麼主。我心裡有點事，想著就難過。你暫時不必問，將來你會知道的。總而言之一句話，賭錢不是好事，以後你不干涉我，我也不賭了。」

魏端本道：「看你這樣子，錢都在，並沒有輸錢，絕不是為錢的事。是了，」說著，兩手一拍道：「我明白了，必定是在賭博場上，和人衝突起來了。我也就是為了這一點，不願你賭錢。其實輸幾個錢，沒有關係，那損失是補得起來的。可是在賭場上和人失了和氣，那就能夠為這點小事，把多年的友誼喪失了。不要傷心了，和人爭吵幾句，無論是誰有理誰無理，無非賭博技術上的出入。或者一小筆款子的賠賺，這不是偷，不是搶，與人格無關。」魏太太聽到這裡，她就站起來，亂搖著手道：「不要說了，不要說了，請你不要提到我這件事。」

魏端本看她這樣著急，也猜想到是欠下了賭博錢沒有給。若是只管追問，可能把這個責任引到自己身上來。便含著笑道：「好吧，我不問了，你也不必難過了。還不算十分晚，我們一路出去消夜吧。」魏太太將手託了頭，微微地擺了兩下。魏先生原是一句敷衍收場的話，太太不說什麼，也就不再提了。自己到隔壁屋子裡去收拾收拾文件，拿了一支菸吸著，正出神想著太太這一番的委屈傷心，自何而來呢。太太手上托著一把熱手巾，連擦著臉，走進屋子來，笑道：「大概你今天得了司長的獎賞，很高興，約我去吃消夜。這是難得的事，不能掃你的興致，我陪你去吧。」

魏端本看她的眼圈，雖然是紅紅的，可是臉上的淚痕，已經擦抹乾淨了。便站起來道：「不管是不是得著獎賞，反正吃頓消夜的錢，那還毫無問題。我們這就走吧。」魏太太向他作個媚笑，左手託了手巾把，右手將掌心在臉腮上連連的撲了幾下。因道：「我還得去抹點兒粉。」魏先生笑道：「好的好的，我等你十分鐘。」魏太太道：「你等著，我很快地就會來。」她說著，走到門邊手扶了門框子，回轉頭來，向魏先生又笑了一笑。

魏先生雖覺得太太這些姿態，都是故意做出來的，可是她究竟是用心良苦，也就隨了笑道：「無論多少時候，我都是恭候臺光的。難得你捧我這個場。」魏太太見丈夫這樣高興，倒在心裡發生了慚愧，覺得丈夫心裡空空洞洞，比自己是高明得多了。她匆匆地化妝完畢，就把箱子鎖了，房門也鎖了，然後和魏先生一路出門來消夜。

因為在重慶大街上開店的商家，一半是下江人。所以在街市上的燈光下，頗有些具體而微的上海景象。像消夜店之類，要作看戲跳舞，男女的生意，直到十二點鐘以後，兀自電燈通亮，賓客滿堂。

魏端本也是要為太太消愁解悶，挽了太太一隻手膀子，走過兩條大街，直奔民族路。這裡有掛著三六九招牌的兩家點心店，是相當有名的，魏先生笑問道：「我隨著你的意思，你願意到哪一家呢？」魏太太笑道：「依著我的意思，還是向那冷靜一點的鋪子裡去好。你看這兩家三六九，店裡電燈雪亮，像白天一樣。」

魏先生道：「你這是什麼意思。」他站住腳，對太太臉上望著。她又是在嗓子眼裡格格一笑。頭一扭道：「遇見了熟人不大好。可是，也沒有什麼不大好。」魏端本道：「這是怎麼個說法？」魏太太道：「我們一向都說窮公務員，現在夫妻雙雙到點心店來消夜，人家不會疑心我們有了錢了嗎？」魏端本哈哈地笑道：「你把窮公務員罵苦了。不發財就不能吃三六九嗎？」在他的一陣狂笑中，就挽了她的手趕快向前走。魏太太是來不及再有什麼考慮，就隨他走進了點心店。

這家鋪子，是長方形的，在店堂的櫃檯以後，一路擺了兩列火工廠的座位。這兩列座位，全坐滿了人。夫婦倆順著向裡走，店夥向前招待著，連說樓上有座，把他們引到樓上。魏太太剛是踏遍了樓梯，站在樓口上就怔了一怔。正面一副座頭上，兩個人迎面站了起來，一個是陶伯笙，一個是范寶華。

但魏端本是緊隨她身後也站在樓口，魏太太回頭看了看，便又向范陶二人點了個頭，笑道：「二位也到這樣遠的地方來消夜。」陶伯笙知道魏端本不認識范寶華的，這就帶了笑容給他們介紹著。魏太太就覺自己也認識范寶華，在丈夫面前是不大好交代的，便道：「范經理是常到陶先生家裡去的，經營了很多的商業。」魏端本一看就明白，這必然是太太的賭友，追問著也不見光彩，就笑著點頭道：「久仰久仰。」

陶伯笙將座頭的椅子移了一下，因道：「一處坐好嗎？都不是外人。」魏太太想起兩小時以前在范先生寫字間裡的事，她的心房，又在亂跳。她的眼光，早在初見他的一剎那，把他的臉色很迅速地觀察過了。覺得他一切自然，並沒有什麼特別之處。她也就立刻猜想著，姓范的必定不曉得落了鑰匙，也就根本不知道抽斗被人打開了。不過在自己臉腮上又似乎是紅潮湧起。這種臉色是不能讓老范看見的，他看到就要疑心了。於是點著頭道：「不必客氣，各便吧。」

她說著，首先離開了這副座頭，向樓後面走。魏端本倒還是和范陶兩人周旋了幾句，方才走過來。兩人挑了靠牆角的一副座頭，魏太太還是挑了一個背朝老范的座位坐著。魏端本是敷衍太太到底，問她吃這樣吃那樣。魏太太今天卻是有些反常，三六九的東西，往常是樣樣的都愛吃，今天卻什麼都不想吃，只要了一碗餛飩。

魏端本和她要了一碟炸春捲，勉強地要她吃，她將筷子夾著，在餛飩湯裡浸浸，送到嘴裡，用四個門牙，輕輕地咬著春捲頭，緩緩地咀嚼，算是吃下去了一枚。放下筷子來，比得齊齊地，手撐在桌子上，託了臉，只是搖搖頭。魏端本笑道：「怎麼著，你心裡還拴著一個疙瘩啦。」他端著麵碗，手扶定了筷子，向太太臉上望著。魏太太道：「算了吧。我們回去吧。我身上疲倦得很。」

魏端本又向太太臉上看看，只好把麵吃完了，掏出錢來要會點心帳，那時，陶伯笙、范寶華兩個人面前，擺著四個酒菜碟子正在帶笑對酌。看到他們要走，便一同地站了起來，陶伯笙道：「我本來要約魏先生喝兩盅，你和太太一路我就不勉強了。你請吧。你的帳，范先生已經代會了。」魏先生哦了一聲道：「那怎麼敢當？」范寶華搖搖手道：「不必客氣。這個地方，我非常之熟。魏先生要付帳也付不了的。這回不算，改日我再來專約。」

魏端本還要謙遜，茶房走過去，向魏端本一點頭，笑道：「范經理早已把錢存櫃了。」魏端本手上拿著會帳的鈔票，倒是十分地躊躇。魏太太穿上夾大衣，兩手不住地抄著衣襟，眼光向范寶華射去，見他滿面是笑容，心裡卻不住地暗叫著慚愧，也只有笑著向人家點頭。

陶伯笙走了過來，握著魏端本的手，搖撼了幾下，悄悄地笑著道：「沒關係，你就叨擾著他吧。他這次金子，足足地掙下了四五百萬。這算是金子屎金子尿裡剩下的喜酒。」范寶華在那邊站著，雖沒有聽到他說什麼話，可是在他的笑容上，已看出來了他是什麼報告。便點著頭道：「魏先生，你聽他的報告沒有錯，讓我們交個朋友，就不必客氣了。」

魏太太看了他這番報告，就越發地表示著好感。因道：「好吧。我們就叨擾了吧，下次我們再回請。」魏端本雖是有幾分不願意，太太已經說出來了，也就只好走過來和范寶華握手道謝而去。魏太太卻是由心裡反映到臉上來，必須和人家充分道地歉，在慚愧的羞態上，放出了幾分笑容，站著向范寶華深深一鞠躬，臨走還補了句改日再見。

他夫婦倆走了。陶范兩人繼續對酌。范寶華端著杯子抿了酒，頭偏了右，向一邊擺著，作個許可的樣子，因道：「這位魏先生儀態也還過得去，他在機關裡幹的什麼職務？」陶伯笙道：「總務科裡當名小職員罷了。」

范寶華道：「太太喜歡賭錢而且十賭九輸，他供給得起嗎？」陶伯笙道：「當然是供給不起，可是太太長得相當漂亮，他不能不勉力報效。這位太太，還是好個面子，走出來，穿的戴的，總希望不落人後，把這位魏先生真壓迫死了。」

范寶華道：「他太太常在外面賭一身虧空，他不說話嗎？」陶伯笙唉了一聲道：「他還敢說太太，只求太太不說他就夠了。只要是有點事不順心，太太就哭著鬧著和他要離婚。我雖是常和魏太太同桌賭錢，我看到她輸空了手和丈夫要錢的時候，我就對魏先生十分同情，也就警戒著自己，再不和她賭了，可是到了場面上，我又不好意思拒絕她。有時實在因缺少腳色，歡迎她湊一角。憑良心說，我倒是願她贏一點，免得她回家，除了這位小公務員的負擔而外，又得增加他精神上的壓迫。」

范寶華放下酒杯，手拍了桌沿道：「女人若是漂亮一點，就有這麼些個彩頭。男人到了這種關鍵下，只有自抬身價，你瞧不起我，我還瞧不起你呢。你看我對付袁三怎麼樣？你要走，你就走。沒有袁三，我姓范的照樣作生意，照樣過日子快活。」陶伯笙瞇了眼向他笑道：「還照樣的發財。」

范寶華笑道：「老陶，不是我批評你不值錢，你這個人是鼠目寸光，像我做這點黃貨，掙個幾百萬元，算得了什麼。你沒有看到人家大金磚往家裡搬。」說著，他左手端了杯子，抿上一口酒。右手拿了筷子夾了碟子裡一塊白切雞向嘴裡一塞，搖了頭咀嚼著，似乎他對於那金磚落在別人手上，很有些不平。陶伯笙道：「要金磚，你還不容易嗎？你再蒐羅一批款子到農村去買批期貨，有錢，難道他們還不賣給你？」

說到買金子，這就引起了老范莫大的興趣，自把小酒壺拿過，向酒杯子裡滿滿地斟上一杯，端起來先喝了大半杯。然後放下杯子，兩手按了桌沿，身子向前伸著，以便對面人把話聽得更清楚些。他低聲道：「說到買期貨，這事可要大費手腳，我們究竟消息欠靈通一點。人家出一萬五的價錢，買的十一月份的期貨，都到了手了。硬碰硬的現貨，無論拿到哪裡去賣，每兩淨賺兩萬多。一塊金磚，撈他八九百萬。三個多月工夫，買期貨的人，真是發財通了天。現在不行了，銀行裡人，比我們鬼得多。期貨是照樣的賣，他老對你說印度金子沒到，把大批的款子給你凍結了，不退款，又不交貨，這金子的損失，那真是可觀。有人真拿幾千萬去買期貨的。去年十二月份的期貨，現在還沒有消息。一個月損失金子幾百萬，就是金子到了手，可能已賺不到錢，若是再拖兩個月就蝕本了，所以這件事應當考慮。」陶伯笙道：「這樣一說，作黃金儲蓄也靠不住了，到期人家不兌現，那怎麼辦呢？」

范寶華端著杯子喝了一口酒，頸脖子一伸，將酒嚥了下去，然後把頭搖成了半個小圈。笑道：「不然，然而不然。你要知道，黃金儲蓄，是國家對人民一種信用借款，像發公債一樣，到期不給人金子，等於發公債不還本付息。這回上了當，以後誰還信任政府，至於買黃金期貨，那就不然了。你和國家銀行，作的是一種買賣。雖然定了那月交貨，人家說聲貨沒有到，在現時交通困難情形之下，飛機要飛過駝峰，才把金子運來。遲到兩三個月，實在不能說是喪失信用。不過就是這樣，國家銀行對於人家定購的期貨，遲早也總是要交的。作買賣也要顧全信用。尤其是國家，銀行作的買賣，更要顧全信用。這就看你是不是有那豐厚的資本，凍結了大批款子不在乎？而且還有一層，黃金儲蓄券拿到商業銀行裡去抵押，票額小，人家容易消化，期限也明確的規定。人家算得出來，什麼時候可以兌現。黃金期貨正相反，一張定單，可能是二百兩，也可能是二千兩，小商業銀行，誰能幾千萬的借給人？另外還有一層，買期貨也容易讓人注意。不是有錢的人，怎能論百兩的買金子。黃金儲蓄名字就好聽，總叫儲蓄吧？儲蓄可是美德，而且一兩就可儲蓄，人家也不會說你是發了財。」

他一大串的說法，陶伯笙是聽他說得頭頭是道，手扶了杯子，望了他出神，等他說完了，才端起杯子來，喝了口酒。然後放下杯子，向他伸了一大拇指道：「老兄對於運用資本上，實在有辦法，佩服之至。定單是拿到手了，你還有什麼辦法沒有？」

范寶華頭一昂，張了口道：「當然，我得運用它。老兄，四百萬元，在今天不是小數目，我不能讓它凍結半年，就以大一分算，一個月是四十萬元的子金。不算複利，四六也就二百四十萬，那還吃得消嗎？老兄，今天來請你吃這頓消夜，我是不懷好意的，還得請你和我幫忙。老李我是今晚上找不到他，不然，我也會找了他一路來談談。」陶伯笙拍了胸道：「姓陶的沒有什麼能耐，論起跑腿，我是比什麼人都能賣力。你說，要我們怎樣跑腿？」

范寶華提起酒壺來，向陶伯笙杯子裡斟著酒。笑道：「先喝，回頭我告訴你我的新辦法。」陶伯笙端起酒杯來，一飲而盡。

老范再將酒給他滿上，於是收回壺來，自己斟著。他放下壺，提起面前一隻筷子，橫了過來比著，笑道：「這二百兩定單，我們還有點失策，該分開來作四個戶頭，或者作兩個戶頭就好了，因為票額小，運用起來靈便一些，不過既然成了定局，也不去管他了。今天下午，我已和兩家商業銀行接過頭，把這定單押出去。」說著，他將那筷子放下，作個押出去的樣子，塞到碟子沿底下。接著笑道：「在電話裡，還沒有把詳細數目說清。大概一家答應我押四百萬，那是照了金字票額說的。這我就不幹，有兩百兩金子，我怕換不到四百萬元。一家答應我押五百萬，利息沒有什麼分別，都是十二分，無論是五百或六百萬，我把這筆款子拿回來。」

說著，他把面前另一隻筷子又橫了提著。送到陶伯笙面前，笑道：「那我就拜託你了。趁著國家銀行還沒有提高黃金官價，再去儲蓄一批黃金，至少要超過二百兩。」說著，他伸平了手掌，翻上一下。笑道：「這樣翻他一個身，我就有四百兩了。若是時間來得及，我再押一次，再儲蓄一次，那就是說，我用四百萬元的本錢，買進六七百兩黃金。現在的黃金市價四萬多一兩，說話就要漲過五萬。五七三千五百萬，半年之後，我還掉銀行一千六百萬的本息，再除掉原來的四百萬本錢，怎麼著，我也撈他一千五百萬。這是說金價這樣平穩的話。憑著現在的通貨膨脹，五萬的市價，怎麼又穩得住？也許運氣好，可能賺他二三千萬。」陶伯笙道：「有人估計，半年後，黃金會漲到十萬大關。」

范寶華笑道：「老實不客氣，那我就要賺他三千萬了。」陶伯笙也忘了姓范的還有四百兩黃金是幻想中的事，好像他這就儲蓄了六百兩黃金，而金價已到了十萬。他陶醉了，猛然站起，伸著手出來，范寶華也猛可地站起，將他手握住，搖撼了幾下。笑道：「諸事還得你和老李幫忙。假如一切都是順利進行的話，將來我們回到南京，找一個好門面，開他一爿百貨店。以後規規矩矩的作生意，下半輩子也許可以過了。」兩人很神氣地握著手說了一會，然後坐下。

陶伯笙道：「朋友，彼此幫忙，朋友也願意朋友發財。」說著，笑了一笑，因道：「別的事罷了。將來勝利了，也許要和你借點回家的川資。」范寶華將手一拍胸道：「沒有問題。你若不放心，我先付你一筆款子，你拿去放比期。老兄不過要附帶一個條件，你可不能拿這個去唆哈。」

陶伯笙道：「你可別看我喜歡賭。遇到作正事的時候，我可絲毫不亂，而且幹得還非常地起勁。」范寶華道：「這個我也知道，不過勝利究竟哪一天能夠實現，現在還很難說。現在報上，登著要德國和日本無條件投降，這不很難嗎？我們不要管這些，還是照著大後方的生意經去作，再說天下哪裡不是一樣穿衣吃飯，就是勝利了，只要有辦法賺錢，我們又何必忙著回去。」

陶伯笙道：「你太太在老家，你也不忙著去看看嗎？」范寶華道：「你真呆。到了勝利了，那個時候，交通工具便利，不會把太太接來嗎？只要有錢，何愁沒有太太？我現在全副精神，都在這六百兩問題上。這事辦到，什麼也都辦到了。」說著，他把筷子收回，撥弄著碟子裡的滷菜，手扶了酒杯子，偏著頭在沉吟著。

陶伯笙舉了一舉杯子，笑道：「喝！老兄。只要你有本錢，一切跑腿的事，都交給我承辦，你就不必發愁了。」范寶華端著酒杯子喝了一口酒，笑道：「我另想起一件事。今天魏太太和我南岸賭錢，輸了一二十萬。這件事，你知道嗎？」

陶伯笙道：「晚上我沒在家裡見著她，不知道。大概又向你借了錢了。我可以代你和她要。」范寶華道：「倒沒有和我借錢。不過回來的時候，她和我同船過江，還到我寫字間裡去坐了一會。她好像是想和我借錢，沒有好意思開口，一到公司二樓，我就讓人家拉上三層樓喝咖啡，把她一人丟在寫字間裡，我回房來，她就走了。原來我是很抱歉，想著她回家讓丈夫查出帳來了，一定是難堪的。該多少借給她幾文。不過剛才看到他夫妻雙雙出來消夜，大概沒有問題了。」

陶伯笙一拍桌沿道：「怪不得，她向來是很少和丈夫出來同玩的。今天必是交不出帳來，敷衍敷衍先生。她的家境並不好，她這樣好賭，實在是不對。一個人不要有了嗜好，有了嗜好，那是誤事的。」

范寶華緩緩地喝酒吃菜，臉上沉吟著，好久沒有說話。

陶伯笙道：「酒夠了，吃碗麵，我們散手吧。明天早起，你趕快到銀行裡去辦款子。昨天一號，金價沒有漲。也許這個月十五號要漲，你還打算翻二個身的話，也就沒有什麼時候了。」范寶華點頭說是，停了酒，要了兩碗麵來吃著。放下碗，快要走了，他拿著茶房打來的手巾把子擦著臉，帶了笑道：「老陶，你看魏太太和袁三比起來，哪個好？」這句話，問在意外，陶伯笙倒笑著答覆不出來。

第十七回　兩位銀行經理

范寶華是個市井人物，口裡說話，向來是沒有約束的。他忽然把魏太太和袁三小姐對比起來，倒讓陶伯笙受了窘，這應該用什麼話去答覆呢？可是轉念一想，他這個人是什麼話都說得出口的；也不必認為有什麼意思，他笑道：「這不能相提並論了。袁小姐是個交際人物，魏太太是摩登太太。」范寶華一搖頭道：「不對，我說的是哪個長得好看，而且哪個性情好？」

陶伯笙笑道：「大概是魏太太的本質長得好些，袁小姐化妝在行些。」老范笑嘻嘻地將兩隻手互相搓著，隨著將肩膀扛了兩下，卻有句話想要說出來。陶伯笙道：「在飯館子裡別說笑話了。你已有三分酒意。早點兒回家睡覺，明天早起，好跑銀行。」范寶華將手拍了他兩下肩膀，笑道：「言之有理，有了錢，什麼事都能稱心如意。」他說著話，帶了三分酒意，便回寓所去睡覺。

范老闆還是和袁三小姐租下的一所上海式弄堂洋樓。他住在面臨天井的一間樓房上。玻璃窗戶，掩上了翠藍色的綢幔，讓屋子裡陰沉沉的，睡得是很香甜的。他一覺醒來，在床上翻了個身，見藍綢帷幔縫裡，透進一絲絲的銀色陽光。他立刻推著被坐了起來。他家那個伺候袁三的吳嫂，還依然留職未去，在他床面前便櫃上放著一疊報紙。他首先一件事是取過報來看。看報的首先一件事，就是查看黃金行市。今天的黃金新聞，卻是特別地刺人視線，版面上題著初號大字，乃是金價破五萬大關。他突然由床沿上向下一跳，口裡喊著道：「糟了糟了。昨天下午，怎麼沒有聽到這段消息呢？」

那吳嫂在門外聽到，搶了進來問道：「啥子事？我哪裡都沒有去咯。」這位吳嫂，二十多歲，雖是黑黑的皮膚，倒是五官端正。身穿一件沒有皺紋的陰丹士林罩衫，窄窄的長袖子。頭上一把黑髮，腦後剪著半月形，鬢邊還壓住了一朵紅色碧桃花。衣服底下，還露著肉色川絲襪子和紫色皮鞋呢。重慶型的老媽子，大致和這差不多，但一色新制，卻不如吳嫂。尤其是她右手無名指上，戴上了金戒指，卻實不多見。范寶華除了用過男廚子，挑水和燒飯，其他的瑣碎事務都交給了吳嫂。所以他有一點動作，吳嫂就應聲而至。

他踏著拖鞋，手上還拿著報紙呢，吳嫂站著面前，笑了問道：「香菸沒得了？我去買，要不要得？」說著，在床頭衣架上，將他一件毛巾布睡衣取過來，兩手提著衣領，要向他身上披去。他搖搖手道：「趕快給我預備茶水，我穿好衣服，要到銀行裡去。」說著，自提了衣架上的襯衫，向短汗衫上加著。

吳嫂且不去預備茶水，站在一邊，斜了眼珠望著他。笑道：「你又打算去買金子。這回買得了金子，你要分一點金子邊把我咯。」范寶華笑道：「好的，只要我金子買到手，我一定再送你一隻金戒指。」吳嫂將嘴一噘道：「你一買金子幾百兩，送我一隻小戒指？」范寶華哈哈大笑著仰起頭來。吳嫂也不知道是什麼意思，只是站定了斜著眼望了他。范寶華笑道：「去吧，去和我打洗臉水吧。穿的是衣服，吃的是白米飯，要金子有什麼用？」吳嫂道：「有了金子，怕扯不到布做衣服？怕買不到米燒飯？中央銀行排隊買金子的，比買平價布的多得多，別個都是瘋子？」

老范穿好了襯衫，伸手拍拍她的肩膀，笑道：「你明白這個，那就很好。你也不能無功受祿。你多多給我留心，看到有漂亮姑娘給我介紹一個，我一高興，不但是送你金首飾，我可以把整條金子送你。」吳嫂站著發笑，還想說什麼，范寶華道：「我老實告訴你，金子今天又漲價了。我趕快去買一批進來。你不要耽誤我的工夫。」說著，連連將手揮了兩下。吳嫂聽了這話，便只好走開了。

范寶華一面穿上西服，一面看報，匆匆地漱洗完了，將買得的黃金儲蓄券收在皮包裡，夾了皮包，戴上帽子，立刻就上街向萬利銀行裡來。這家銀行就是他說的願意借他五百萬的一家。這是久作來往的銀行了。他用不著客氣，就夾了皮包徑直地奔向經理室，站在門外，叫了一聲何經理。那何經理伸頭一看，看到了是他，立刻起身相迎，笑道：「我一猜你今天就會來，果然不錯。」說著，把他引進了經理室，隨手將門關上，拉著他的手，同在沙發上坐下。

他眼光可射住了范先生的皮包，笑道：「你是不是要作黃金儲蓄抵押？」范寶華笑道：「今天什麼行市？」何經理拿著一聽紙菸，向他面前送著，笑道：「來支菸提提神吧。今天五萬四了。你掙多了。」說著，哈哈大笑。

范寶華口裡銜著紙菸，將皮包打開，取出了那張儲蓄單交給何經理，笑道：「照著今日的市價，這該值一千零八十萬了，照著我們的交情，你不能抵押六百萬給我嗎？」何經理自是透頂的內行，他將定單的日期看了一看，放在他的寫字臺上，將算盤角來壓著，也取了一支菸點著，架了腿和他坐在一張沙發上，笑道：「若照你這樣的算法，你不是賺國家的錢，你是賺我們的錢了。你要知道，這定單上面，雖寫明了是黃金二百兩，可是這金子也許已經到了加爾喀答，也許還在美國，直到六個月後，那才是你的金子呀，那才值一千零八十萬呀。」

范寶華道：「六個月後，還只值一千零八十萬嗎？管他呢，反正我也不賣給你。老兄，你要知道，我四百萬買來的黃金儲蓄單，押你六百萬元，好像我就先賺了你貴銀行二百萬。可是你不想想，並非白借嗎？我得按月付給你的子金啦。你放我大一分的話，六個月是三百六十萬子金，這還是不算複利的話。若算複利……」

何經理突然站起來，輕輕的拍了他兩下肩膀，笑道：「不要算這些纏夾不清的帳了。銀行裡的錢，都這樣的作黃金定單押款，他不會直接向國家銀行作黃金儲蓄？你有你的算盤，銀行有銀行的算盤，所以借出去的款子，必須比定單原價矮一點才會合算，你說不賣給銀行，銀行一般地也不想買你的儲蓄單，這定單不過是信用的一種保障。我們是老朋友，不能照平常來往算，我可以和你作這個數目。」說著，他伸出右手的巴掌，勾去了大拇指和食指。范寶華突然站起來，望了他道：「何經理，你這還是看在朋友的交情上說話嗎？昨日我和你打電話，你答應了我五百萬，怎麼現在變為了三百萬呢？」

何經理且不答覆他這個問題，走回他辦公室的寫字臺邊，將桌面上的東西，一樣樣地向前推移著，拿起了那張定單看了看，依然放下，將算盤角壓著，然後坐到寫字椅子上去，將背靠了椅子背，仰了臉望著范寶華道：「范先生，你沒有知道這兩天銀根很緊的嗎？重慶市上的鈔票，都為了黃金吸收著回籠了。你若不信，不妨到別家銀行裡去打聽打聽。倒茶來！」他說到這裡，突然地將話鋒回轉，將眼望了經理室的門外，改著叫茶房倒茶。

范寶華常向商業銀行跑，這些銀行家的作風，有什麼不明白的。市面上只有銀行吃來往戶頭，哪有戶頭吃銀行之理。他偷眼看那何經理穿著一件陰丹士林長衫，光著個和尚頭，雖是白胖的長圓面孔，臉色始終是沉著的。在他高鼻子尖上，彷彿發生一點浮光，只有這上面，透露出他是個有計劃的人。

他招呼了茶房倒茶，正好桌子上的電話鈴響。他拿起了聽筒，也沒有互通姓名，就知道了對方是誰，因道：「日拆四元，大行大市，我也沒有辦法。老兄，我勸你少買點期貨吧。大批的頭寸，至少凍結三四個月。哦！不是買金子。不管了，我給你八百到一千萬，支票我立刻開出，準趕得上今日中午的交換。好，回頭見。」說著，他放下了電話聽筒兩手左右一揚，將肩膀扛了一下，笑道：「你看，這是真的吧？我們同業來往，日拆就是四元，放你十分利息，能說不是交情嗎？」

茶房已是給賓主倒了茶了。何經理將右手的食指，勾住了茶杯的把子，端了起來，看了看茶的顏色，又放到茶碟子裡去。看看放在桌上的那張儲蓄單，他微笑了一笑，沒有作聲。范寶華道：「時間是要緊的，我不能和你盡麻煩，就是電話裡那個數目如何？」

何經理端著茶杯喝了口茶，微笑了一笑，沒有作聲。這就有個穿西服的人走了進來了。那人三十來歲，嘴上養了一撮小鬍子，分髮梳得烏亮，小口袋上，露出一截金錶鏈子，手上捧了幾張表單送到屋子裡來。范寶華起身笑道：「金襄理忙得很。」金襄理道：「天天都是這樣，無所謂忙，也無所謂不忙。范先生定了多少兩？」他指著桌上那張定單道：「都在這裡了，我要向貴行抵押點款子，你們貴經理，就只肯出三百萬元。」金襄理笑道：「這個戲法，人人會變，定了一批，押借一批，再翻一批，本套本，已經可以了，老兄還想在這上面翻個身嗎？」他說著話，把表單送到經理面前去。

於是何經理在看表單，襄理閒著站在一邊等回話，取出了一支紙菸來抽。范寶華沒有了說話的機會，只好搭訕著也吸菸。這時，桌上電話鈴又響了。金襄理代接著電話。他道：「哦，五萬八了，回頭再來個電話吧。」何經理看著表單，對他昂了一下頭，問了兩個字：「金價？」金襄理道：「扒進的多，還是繼續地看漲。」

這個消息讓范寶華聽了，精神一振，呆站著望了金何二人。等何經理放下了表單，這就向他拱了一拱手道：「幫幫忙吧，金子這樣漲，說不定中央銀行又有什麼玩意，就是照常地肯作黃金儲蓄，恐怕也會擠破了腦袋了。」何經理笑道：「我說的話當然算話。」說著，向金襄理望著，低聲問道：「今天上午的頭寸怎麼樣？」范寶華一見，就知道這是一種做作。雖然不便說什麼，眉頭先皺了起來。那金襄理卻含了笑道：「連剛才經理答應的一千萬，今日上午，將有二千八百萬付出去了。恐怕不怎麼足？」

何經理取過菸聽子來，近一步向范寶華面前進著菸。笑道：「這樣吧，你少用幾天吧。我照同業往來……」范寶華正由菸聽子裡取出一支菸來，要向口邊放去，這就吃一驚的樣子，猛可地將菸支放回菸聽子裡，翻了眼望著道：「何經理說是拆息四元？那是要我十二分了？」

何經理道：「今天頭寸緊一點，我得在別的地方調給你，所以我勸你少用幾天。我們給人家的拆息，不也是四元嗎？」范寶華道：「既然還要你們到別處去調頭寸給我，那就太周折了。」他說著話，臉色也沉下來了，自行把那張黃金儲蓄單取了回來，打開皮包來收著。向金何二人點了個頭道：「再見吧，我再去另想辦法好了。」

金何二人見他立刻變了態度，也不好說什麼，正不知道用什麼話來應付這個僵局，范寶華紅著臉走出去了，二人對著只苦笑了一笑。他們這個作風，也原非只對付姓范的一個人，可是范寶華憑了和這萬利銀行作了兩三年來往，自覺用二百兩黃金儲蓄單押借五百萬元並非過分。不想談過之後，五百萬元變到三百萬元，由利息大一分，又變到拆息每日四元，實際上是十二分到十三分，最後，他們索性說是由別處調頭寸來應付，日期還要改短。一步逼著一步，那簡直是說不借了。他一頭怒火走出了萬利銀行，並沒有什麼考慮，徑直地就來找第二家熟人千益銀行。

這家銀行，規模比較大，遠在抗戰以前就有了聲譽。抗戰之後，重慶分行，事實上變成了總行，像這一類的小游擊商人，根本是談不到共來往的。可是他們的營業主任莫子齊是范寶華的好友，曾共同作了幾回百貨生意。這批生意就有這裡朱經理如夫人的股款在內。因為這位如夫人，和莫主任頗有點親戚的關係，如夫人作生意，向來是托莫主任轉手的，根據了這條內線，如夫人曾和朱經理說過，不要忘記了范老闆的好處，若是范老闆在銀行裡作點小數目的透支，應該答應人家。朱經理雖是瞧不起那小生意，可是這如夫人說的話，卻相當有理，因之范寶華在千益銀行開個戶頭，來往上頗給予了他不少的便利。不過在范老闆卻有層拘束，他不能直接和朱經理辦交涉，每次來了，都是和莫子齊談判。他對陶伯笙說另一家銀行答應借四百萬，那也就是莫子齊代為答應的。

這時他一口氣跑到千益銀行，就在櫃檯外面，高抬著手，向裡面招了兩招。這莫主任正在營業部靠裡的一張寫字臺上看傳票蓋圖章，抬頭看到他，也招了兩招。范寶華繞著櫃檯，走到營業部後的小客室裡去。莫子齊推著屏門走了進來，笑道：「我猜你早該來了，金子五萬八了。」范寶華左手夾了皮包，右手伸出來和他握著笑道：「拜託拜託，請多幫忙。」

莫子齊在身上掏著紙菸盒，向范先生敬著菸，臉上帶了微笑，且不說話。范寶華拉了拉他的手，一同在沙發上坐下，笑道：「怎麼樣？電話裡約好的數目，沒有問題嗎？」一提到了正式借錢，莫子齊的笑容就收起來了，因道：「在電話裡，我沒有答應你的數目呀，那是你一廂情願這樣說的。」正好茶房將玻璃杯子送著敬客的茶，放在沙發前的茶几上。莫子齊就掉過臉來，對茶房望著，把臉色沉下去。手指了玻璃杯子道：「你怎麼用不開的水泡茶，茶葉都漂在水面上了。」茶房彎著腰把兩杯茶拿走了。這位莫主任的臉色，兀自不曾回覆來過。

范寶華點了一支菸，沉默著吸了幾下紙菸，只莫子齊兀自不曾開口，便先放出了笑容道：「怎麼樣？能放我多少款子。」莫主任道：「這事我不能做主答覆，恐怕沒有多大的數目。這些日子，我們的業務緊縮，不大放款。」他說著，將嘴角上的菸卷取下，大指和食指夾著，無名指只管在菸支上彈著，將菸灰彈到茶几上的菸灰碟子裡去。眼光也呆望在菸支上，那臉色是不用提了，更是沒有了一點笑容。

范寶華道：「老兄你何必對我這樣冷淡啦。在重慶市上混著，誰也有找誰幫忙的時候呀。過去我們總也有點交情吧？」莫子齊這才回轉臉來笑道：「我在行裡的地位，你還有什麼不知道的。你坐一會，我去和經理商量商量。」為了表示親切起見，他還在范寶華肩上輕輕拍了兩下，才行走去。

范寶華坐在沙發上，只是掏出紙盒子和打火機來，用吸紙菸的動作來消磨時間。莫主任去的時間不算久，老范只吸完了這支菸，他就回到小客室裡來了。笑著點頭道：「朱經理說請你去談談。」范寶華拿了皮包，就隨了他走到經理室來。

這千益銀行究竟是規模宏大的，經理室也講究得多，一張紫漆寬大的寫字臺，在屋子中間擺著。朱經理坐在綠絨的寫字轉椅上，背靠了椅子背，半昂著頭，口銜了一支雪茄，身子微微地顛動著。看到了范寶華走進屋子來，他站起來也不離開位子，伸出手來，將手指尖和他握了一握，然後指著桌子邊一把椅子讓他坐下。他坐下來之後，不免先說兩句應酬話。因道：「朱經理公忙，我又來打攪。」主人將寫字臺上放的一些文件，向玻璃板角上移了一移，半斜了身子向客人望著，隨把椅子轉過，背還是向後靠著，表示了他那份舒適的樣子。然後笑答道：「幹銀行經理不一天到晚就是看帳目打電話會客蓋圖章幾件事嗎？」

這時，茶房進房來，敬過了一遍茶菸，賓主默然了一會。范寶華先向主人放出三分笑容，然後和緩了聲音問道：「剛才莫主任和朱經理提到放款的事嗎？」朱經理將眉毛微皺了一皺，然後笑道：「哎呀！這兩個星期讓國家銀行辦理黃金儲蓄，法幣回籠，銀根弄得奇緊。我們為了作穩些，只好把放款緊縮了。」

范寶華道：「我不是辦理平常借款，就拿黃金儲蓄券作押。這是十分硬的抵押品。」他說著，將皮包在懷裡打開來，就取出了那張黃金儲蓄單遞給了朱經理，笑道：「請看，這還有什麼靠不住的嗎？」朱經理拿著這定單，很隨便地看了看，點點頭笑道：「最近作的。范先生的意思，是想調到了頭寸，再到中央銀行去辦理一筆黃金儲蓄？這種辦法，做的人就多了。」說著，隨便將這張定單放在玻璃板上。

范寶華道：「可以拿這個押點款子嗎？」朱經理微笑道：「要作儲蓄押款的話，恐怕哪家商業銀行，都要擠破大門，這也只好在交情上談點通融辦法罷了。」范寶華聽他所說，已有通融的意思，便笑道：「朱經理多幫忙吧。能放我們多少款子呢？」朱經理道：「范先生的事，我們不放也要放，就是一百萬吧。」

范寶華不由得將身子向上一升，瞪了眼道：「這四百萬元的黃金儲蓄單，只押一百萬了？照市價，二百兩金子，值一千多萬了。」朱經理微笑道：「不錯的，值一千多萬。可是范先生沒想到這是六個月後有兌現的定單，不是條子。六個月是否能兌現，這固然是問題，就算我們信任政府吧。誰又能說六個月後的金價如何？銀行裡若大作黃金儲蓄定單的押款，他不會直接去作黃金儲蓄嗎？」

范寶華笑著搖搖頭：「這話不能那樣說。直接黃金儲蓄，只是幾厘息，定單押款，不是可以收到大一分的子金嗎？」他這樣說著，以為把朱經理的嘴堵住了。朱經理卻哈哈一笑道：「大一分？那還不行吧？這幾天的放款，我們至少是十二分，范先生你的作風我知道，乃是把押得的錢再去買黃金儲蓄，這個辦法不大妥當。就算六個月後的金價，還保持現在的市價，你把利息和複利算起來，兌現之後，並不賺錢。我勸你不要做。」他說話時，臉上始終帶了三分淡笑。

范寶華道：「不能多借一點嗎？」朱經理搖搖頭道：「不行！這幾天我們的頭寸，相當地緊。」范寶華看了他這副冷淡的樣子，口風又是那樣的緊，料著毫無辦法。這就把那張定單收回，站起來點了頭道：「若是這樣的算法，這款子我的確不必借了。」朱經理也站起來和他握了一握手，笑道：「的確可以考量。」說著話，算是送客的樣子，只走了半步，移出寫字臺的桌子角，這就不動了。

范寶華滿肚子不高興，禁不住也把臉色沉了下來。到了外面小客室裡，莫子齊又到營業部辦公去了，也不去驚動他。他將皮包打開，把定單放進去，夾了就向外走出了銀行門口，回頭對這四層樓的行址，看了一眼，心裡想道：「你們也太勢利了。我看看你們會發財靠了天嗎？」他在心裡十分不愉快的情緒中，在千益銀行門口，未免呆站了五六分鐘。最後他卻一口氣奔向中國銀行。

第十八回　再接再厲

范寶華這一口氣地奔波著，直走到中國銀行來。中國銀行是出立黃金儲蓄券的次一據點。在他的理想中，是比中央銀行的生意，應該輕鬆一些的。及至到了中國銀行門口一看，早見人陣拖了一條長蛇，由門口吐了出來，沿著那大樓的牆根，拖過了幾十家鋪面。

老范點了點頭，帶了幾分微笑看著他們。夾著一隻皮包，走進了大門，這卻讓他感到新奇，和中央銀行定黃金的人，又是另外一個局面。那買黃金人擺下的陣線，是進大門口之後，並不是繞了圈子走向櫃檯，而是拉了一根曲線，走上樓梯。在樓梯上，人排了雙行，一排人臉朝上，一排人臉朝下，分明是個來回線。

范寶華要看這條線是怎麼拖長的，也就順著路線走上樓去。上了二層樓，陣線還徑直地向前，又踏上了三層樓，到了三層樓，人陣在樓廊的四方欄杆邊，繞了個圈子，然後再把陣頭向樓下走。這些作黃金儲蓄的人，似乎有了豐富的經驗，有帶溫水瓶的，有帶乾糧袋的。下到了二層樓，這是來得相當早的人了。已把跑警報時候帶的防空凳子放在樓板上，端正地坐著。（註：防空凳是以四根小木根，交叉地支著。棍子兩頭有橫檔。上端蒙厚布。支起來，有一尺見方的平面。折起來，可以收在旅行袋裡。）老范想著，他們倒是會廢物利用。

下了二層樓，這更是長蛇陣的陣頭。這些人必然是半夜裡就到中國銀行門口來等著，才能夠站到這個地方來。為了買黃金，這些人真夠吃苦的，不用說，是熬了一個整夜了。他這樣地想著，對陣頭上的人看了一看，倒覺得是自己過慮，人家腳下，都放著一個小鋪蓋捲兒，這正是春深的日子，四川的氣候，又特別暖和，有一條小褥子，就可以睡得很舒服，這個辦法，倒是很對的，乾脆就在中國銀行屋簷下睡著，比一大早的摸到這裡來總自在些。

為了讚許這些人的計劃，臉上就帶了三分微笑，旁邊黃金長蛇陣中有人叫道：「范先生，你沒有排上隊嗎？」范寶華向他看時，有個穿灰布長衫的小鬍子，白胖的長臉，鼻子上帶些酒糟暈，禿著一個和尚頭，腳下放了個長圓的藍布鋪蓋捲兒。他怔了一怔，不知他是誰。他笑道：「范先生，你不認識我嗎？我和李步祥住在一塊的。」范寶華想起了他是那個堆棧裡的陳夥計。便笑道：「哦！陳先生，不錯嗎，排班排到這個地方，你一定買得上。」

陳夥計嘆了一口氣，搖搖頭笑道：「人為財死。實不相瞞，昨晚上八點多鐘，吃過晚飯我就來了。我以為我總是很早的，哪曉得在我前面就有四五十個人。我帶了鋪蓋卷，就在銀行左隔壁一家雜貨鋪屋簷下，攤開了小褥子，靠了人家的鋪門半坐半睡，熬到天亮。今天早上，霧氣很大，變成了毛毛雨，灑得我滿身透溼。」說著，手牽了兩下灰布長衫，笑道：「這原來都是溼的，現時在我身上都陰乾了。」范寶華笑道：「你真是老內行，還知道帶了鋪蓋捲來。」

陳夥計笑道：「又一個實不相瞞，我排班定黃金儲蓄單，今天已是第四次了。」范寶華笑道：「你真有辦法，買得多少兩了？」陳夥計笑道：「我自己哪有這多錢，全是給人家買的。」說著，手抓了老范的手，將嘴伸到他耳朵邊，向他低聲道：「范先生，你難道不知道嗎？金子本來在一號就要漲價的，因為走漏了消息，有人大大的玩花樣，因此又延期了，可是黑市和官價相差得太多，國家銀行不能不調整。只要有錢有機會，我們就當搶進，弄一文是一文，弄一兩是一兩。」

范寶華笑道：「你是哪裡得來的這些消息？」陳夥計笑道：「這消息誰不知道？」說著，將嘴對擺陣勢的人一努，接著道：「他們的消息多著呢。」范寶華對這人陣看著，見那些人的臉上，全是含著笑容的，兩道眉毛不住閃動，心裡這就想著，消息傳得這樣普遍，就是官價不會提高，黑市也會提高的。於是在樓下轉了個圈子，就二次再跑到萬利銀行來。

他在路上走的時候，就有了一肚子的話，預備見到了何經理，自行轉圜。不料走進經理室的門，這啞謎就讓人揭破了。他由寫字椅子上站起來，兩手按了桌沿站定，睜了眼望著他，然後笑道：「我猜你一定要回來的。老兄，我告訴你一個驚人的消息。金價黑市一度接近六萬大關。」

范寶華夾著肋下那個皮包，站著呆了一呆。因道：「你怎麼知道我會再來呢？」何經理笑道：「金子這樣波動，不是商業銀行買進，還會是些小戶頭弄起來的不成？這樣，當然銀根緊起來，而老兄這樣拿黃金儲蓄單去押款的人，絕不止十個八個。大家都曉得這樣掉花槍，難道作銀行的人，他就不曉得掉這個花槍嗎？他有那些頭寸押你的定單，他們自己不會去直接作黃金儲蓄嗎？除了我們三分買賣，七分交情，誰肯拿給人家押儲蓄單。因此，我就料著老兄到別家銀行去作押款，決計不能如意成功，來支菸吧。」他說到這裡，突然把話一轉，轉到應酬上去。把桌子上的賽銀紙菸盒托住，走出位子送到范寶華面前來。

范寶華夾著那個皮包，還怔怔地站著，在聽何經理的話呢，見他把紙菸盒送過來，這才先取了一支菸在手，然後把皮包放下來，將那支菸在寫字臺上連連頓了幾下。然後在身上掏出打火機來，緩緩地動作著，斜靠了何經理的寫字臺，把紙菸點著，他很帶勁地將打火機蓋子蓋著，向上一拋，然後伸手接住。另一隻手，兩個指頭夾住紙菸放到嘴唇裡，抿著吸了一口，一支箭似的噴了出來。接著搖了兩搖頭道：「我算失敗了。」

何經理坐在寫字椅子上，望了他微笑道：「范先生你沒有什麼失敗呀。你拿兩萬元買一兩金子，現在是六萬元的黑市，你賺多了。你還要押款再做一筆呢，你打算盤打到我們頭上來了。嘻嘻！」他說到這裡，露著門牙聳著嘴上的一撮鬍樁子笑了起來，笑的聲音，雖然不大，只憑他眼角上復射出一叢魚尾紋來，就知道笑聲裡藏有許多文章。便問道：「何經理原來答應我的四百萬，大概也有點變化了吧？」

何經理伸著手，將寫字臺上的墨水瓶，鋼筆插，墨盒子，毛筆架子，陸續地移了一移，又聳著嘴唇上的鬍樁子嘿嘿地笑了一下。他只向客人望著，並不說什麼。范寶華捏了拳頭將他寫字臺一捶，沉了臉色道：「我看破了。何經理，你若是借四百萬元給我，我出十二分的利息。雖是利息重一點，我先借來用兩個月再說，等我把頭寸調齊了……」

何經理點點頭笑道：「對的，你還是早還了銀行的好。子金是那樣的重，若是等了儲蓄券滿期兌了金子還款，六個月的複利算起來，也就夠五萬多一兩的了。」說著，一打桌上的叫人鈴，聽差進來了。何經理一揮手道：「把劉主任請來。」聽差出去，劉主任進來了。

他是個穿西服的浮滑少年，只看他那頭髮梳得油光滑亮，就可以知道他五臟裡面，缺少誠實兩個字。何經理沉重著臉色問他道：「我們上午還可以調動多少頭寸？」這劉主任尖削的白皮臉子上，發出幾分不自然的微笑，彎著腰作個報告的樣子道：「上午沒有什麼頭寸可以調動的了。」何經理道：「想法子給范先生調動三百萬吧。我已經答應人家了。」劉主任在他那不帶框的金絲眼鏡裡，很快地掃了范寶華一眼，然後出去了。

老范道：「何先生，你不是答應四百萬嗎？」何經理道：「就是三百萬我也很費張羅呢。」范寶華坐在寫字臺對面椅子上，兩手抱在懷裡沉著臉子，呆望了他的皮鞋尖，心裡想說句不借了，可是轉念想到三百萬元還可以儲蓄一百五十兩黃金，這個機會不可犧牲。有什麼條件還是屈服了吧。他這樣地想著，那兩塊綳緊了的臉腮，卻又慢慢地輕鬆下來。向何經理笑道：「人為財死，我一切屈服了。你就把表格拿出來，讓我先填寫吧。老實說，我還希望得著你的支票，下午好去託人排班定貨。」

何經理見他已接受了一切條件，便笑道：「范兄，我們買賣是買賣，交情是交情。這三百萬元，你若是決定作黃金儲蓄的話，我可以幫你一點小忙，我和你代辦，明天下午手續辦全，後天下午，你到我手上來拿一百五十兩的黃金定單。」范寶華望了他道：「這話是真？」何經理道：「我和人家代辦的就多了。」范寶華道：「既是可以代辦，上次為什麼不給我代辦呢？」何經理想了一想，笑道：「上次是我們替人家辦得太多了。」范寶華拱拱手道：「貴行若能和我代辦，那我省事多了。感激之至。」

正說到這裡，那位劉主任已送了三張精緻的表格，放到沙發椅子面前的茶几上。他拿過來看看，絲毫不加考慮，在身上拿出自來水筆，就在上面去填寫。何經理向他一擺手。笑道：「我們老朋友，不須這些手續。你把那二百兩的黃金儲蓄單拿來，我們開一張收條給你就是。到期，你拿收條來取回定單，什麼痕跡都沒有，豈不甚好？」范寶華道：「那押款的本息，怎麼寫法呢？」何經理道：「你不必問，反正我有辦法就是了。」

范寶華到了這時，一切也就聽銀行家的擺弄。打開皮包，將那張黃金定單，送到經理的寫字臺上。何經理看了一看，並沒有錯誤，便站起來笑道：「你等一等，我親自去催他們把手續辦好。」說著，拿了那黃金定單走了。范寶華自也有他的計劃，明知他是出去說什麼話了，也不理會。

約莫是六七分鐘，何經理回來了，笑著點點頭道：「正在辦，馬上就送來，再來一支菸吧。」他又送著菸盒子，敬了一遍菸。閒談了幾句，那位劉主任進來了，手拿著兩張單據送呈給何經理。他看過了，蓋過了章，先遞一張支票給范寶華，笑道：「這是三百萬元。你若是交給我們代辦的話，我們再開張收據給你。囉！這是那黃金儲蓄單的收據。」說著，又遞一張單子過來。

范寶華接著看時，上寫：茲收到范記名下黃金儲蓄單一紙，計黃金二百兩。抵押國幣三百三十六萬元。一月到期，無息還款取件。逾期另換收據。否則按日折算。另行寫的是年月日。范寶華看完了，笑道：「這幾個字的條件，未免太苛刻一點。這樣算，第二個月，我這張定單就快押死了。」何經理笑道：「我們對外，都是這樣寫，老兄也不能例外，反正你也不能老押著，背上那重大的子金。」范寶華將巴掌在沙發上拍了一下，點著頭道：「好，一切依從你便了。」說著，把那三百萬元支票，交回給何經理。他倒是把手續辦得清楚，立刻寫了一張收到三百萬元的收據。

范寶華奔忙了一上午，算告了一個段落。先回到寫字間裡去看看，以便料理一點生意上的事。到了屋子裡，見陶伯笙李步祥同坐在屋子裡等著。便笑道：「幸而是二位同來，若是一個人可惹著重大的嫌疑了。」他說著，將皮包放到寫字臺抽屜裡。人坐到寫字椅上，兩隻腳抬起來，架在寫字臺上。嘆了一口氣道：「這些錢鬼子做事，真讓人哭笑不得，氣死我了。」陶伯笙問時，他把今日跑兩家銀行的經過說了一遍。

陶伯笙微笑道：「這槍花很簡單。萬利銀行算是用一百五十兩黃金，換了你二百兩黃金。」范寶華道：「可不就是這樣。反正我把三百五十兩黃金拿到手，將來期滿兌現，絕不止七百三十六萬元。」李步祥坐在寫字臺邊的小椅子上，笑道：「這一陣子，走到哪裡，也是聽到人談黃金。不要又談這個了。我插句問一問吧。范先生剛才說我們會惹重大的嫌疑，這話怎麼講？」

范寶華放下寫字臺上的兩隻腳將桌子抽屜打開來，伸手在裡面拍了兩下。因道：「我這裡放了一抽屜的鈔票，前兩天被竊了。席捲一空，一張都沒有了。」陶伯笙道：「是嗎？你這屋子是相當謹慎的。」他說著，對屋子周圍看了一看。范寶華道：「這個賊是居心害我，先把我的鑰匙偷去了，再混進我的屋子來開抽屜。這個人我倒猜了個四五成，只是我一點根據沒有，不敢說出來。我姓范的也不是好惹的，將來不犯到我的手上便罷，若是犯到了我手上，我叫他吃不了，兜著走。」說著，他冷笑了一聲。

陶李二人對望了一下，沒說什麼。范寶華笑道：「你二位可別多心，我不能那樣不知好歹，會疑心我的朋友。充其量不過是二三十萬元，我們誰沒有見過。」陶伯笙一縮頸脖子，伸了一伸舌頭，笑道：「今天幸而我是邀著李老闆同來的。這個我倒有點奇怪。我看見過的，你那開抽屜的鑰匙，都揣在身上口袋裡的，誰有那本領，在你身上把鑰匙掏了去？」

范寶華道：「我也就是這樣想。錢是小事，二三十萬元，我還不在乎。不過這個梁上君子，有本領在我口袋裡把鑰匙掏了去，又知道我這抽屜裡有錢，這是個奇蹟。為了好奇，我自己免不了當一次福爾摩斯，要把這案子查出來。」陶伯笙道：「在你丟錢的前一兩天，和什麼人在一處混過？」

范寶華搖搖手道：「這事不能再向下說了，再向下說，我自己就不好破案了。」李步祥聽了，不住地用手摸著下巴頦，瞇了眼睛微笑。

范寶華道：「你笑什麼？你知道這小偷是誰？」李步祥道：「我說的不是你丟錢的事，我覺得你要作福爾摩斯，有點兒自負。你若是那樣會猜破人家的心事，怎麼萬利銀行給你儲蓄黃金一百五十兩，你倒把二百兩黃金單據，就換給了人家呢？而且每個月還出人家十二分利息呢。你一個月到期，把那張黃金儲蓄單取了出來，還不過是損三十六萬元的子金。你若是拖延得久了，那就是把二百兩黃金，變成一百五十兩黃金了。人家作生意，本上翻本，利上加利，可是到了你這裡儲蓄黃金，好像就不是這個情形。」他一面說著，一面摸著臉。好像說出來有點尷尬，又好像很是有理由，慢慢吞吞地把這話說完。

范寶華坐在寫字臺邊，手裡盤弄著賽銀的紙菸盒子，靜靜地把話聽了下去，等著李步祥把話說完，他還繼續地將紙菸盒子盤弄著，低頭沉思著約莫是四五分鐘。然後伸手一拍桌子道：「我不能失敗，我得繼續的幹。老陶，你得幫我一點忙。」陶伯笙望了他道：「我幫你的忙？我有什麼法子呢？我也只能和你站站班而已。」

范寶華搖了兩搖頭道：「我不要你排班。不過我還得借重你兩條腿，希望多和我跑跑路。」說時，手裡盤弄著紙菸盒，又低頭沉思了幾分鐘，將手一拍桌子，昂了頭道：「我告訴你吧。我還有一批鋼鐵零件和幾桶洋釘子，始終捨不得賣掉，現在可以出手了。你想法子給我賣了它，好不好？」說著，他打開皮包在裡面翻出了一張單子，向寫字臺上一放，因道：「你拿去看看，就是這些東西，我希望能換筆現錢。拿到了錢我就再定它一票黃金，把那三百萬元也給還了。」陶伯笙將紙單拿到手上仔細看了一看，點著頭道：「這很可以換一筆錢，不過兜攬著搶賣出去……」

范寶華又拍了一下桌子道：「我就是要搶賣出去。喂！李步祥，你想不想發個小財？你若想發小財，你也幫著我跑跑腿。照行市論，大概賣八百萬，我把利息看輕一點，就是七百多萬，我也賣了。我有買進他一千兩金子的雄心。」說著，他豎起右手，伸出了食指，筆直的指著屋頂，而且把指頭搖撼了幾下。他又道：「換句話說。我最多只望有八百萬到手，假如超出了八百萬的話，那就是你二位的了。希望你們二位努力。」說著，將手指點了他兩人幾下。

李步祥笑著將胖臉上的肌肉顫動了幾下，望了老范道：「不開玩笑？」范寶華道：「我要開玩笑，也不能拿老朋友開玩笑呀。作投機生意，當然是六親不認，可是到了邀伴合夥，這就不能不給人家一點好處。」李步祥伸手摸摸禿頭，向陶伯笙道：「老陶，這不失是個發小財機會。假如賣出了八百萬，二一添作五，我們拿了錢……」范寶華不等他說完，接著道：「每人再做幾兩黃金儲蓄。」

陶伯笙站了起來，拍著李步祥的肩膀道：「老李，事不宜遲。我們這就去跑。」李步祥站了起來，向范寶華道：「我們有了消息，就回你的信，可是你一出了寫字間，滿重慶亂跑，我們到哪裡去找你？」范寶華道：「你也不要太樂觀了。上千萬元的買賣，哪裡一跑就成功。」李步祥道：「那不管，反正我們拚命地去跑。無論如何，今天晚上到你家裡去回信。」說著，帶了滿臉的笑容，挽著陶伯笙的手走了。

范寶華對於這兩人的出馬，並沒有寄予多大的希望，自己還是照樣地出去兜攬，到了晚上九點鐘，才夾了皮包回家。推開大門，就看到樓下客室裡，燈火通明，聽到吳嫂笑道：「范先生不在家，我就能作主。他這個家，沒得我，硬是不行，啥子事我都摸得很對頭。」

進去看時，見正中桌子上擺了酒菜，陶李兩人對坐著在對酌，吳嫂坐在旁邊椅子上，看了他們發笑。范寶華站在當門笑道：「好哇！我不在家，你們就吃上我了。」吳嫂走過來，接著他的皮包，笑道：「陶先生說，和你把事情辦妥了。你要八百萬，硬是賣到了八百萬。二天，你又可以買四百兩金子了。」范寶華一高興，伸著兩個指頭，一掏她的臉腮，笑道：「你都曉得這多。」吳嫂笑道：「聽也聽懂了嗎，你們一天到晚都談金子談美鈔，別個長了耳朵，不管事嗎？」

范寶華看了陶李兩人滿臉笑意，料著事情是圓滿成功。取了帽子脫下大衣，都交給了吳嫂，搓著手坐下來陪客，心裡先按不住一份高興。因道：「哪裡來的這個好主顧？」陶伯笙道：「這也是踏破鐵鞋無覓處，得來全不費功夫。我回家去遇到隔壁鄰居魏端本閒談起我為什麼忙。他說，那遇到太撞巧了。他們機關裡，正需要買大批洋釘，鋼板鋼條雖不是必需的，也可以收買。他引著我兩人見了他司長，看過了單子，我要價一千萬，他開口就還了個八折，議定看貨商定價錢。而且怕生意作不成，先付了五十萬元定錢。看那樣子，他們以為是個便宜。準可以賣出八百萬。囉！這是那五十萬元支票。」說著，在西服小口袋裡，掏出一張支票交給了范寶華。

他放下了碗筷，將手重重一拍桌子，拍得筷子跳起來。他笑道：「我再接再厲，托萬利銀行再和我買四百兩。這些錢鬼子，見我拿黃金儲蓄券押款，他以為我沒有了錢再三地刁難我，這回做一點顏色他看看。還有那千益銀行的朱經理，架子大得要命，我也讓他知道我的路數。哈哈！老陶老李來！乾他一杯。」說著，他拿起桌上的酒壺，斟滿了一杯，對著二人乾了。欲知後事如何，請看本書次集《一夕殷勤》。

紙醉金迷——艱難處，多從貪戀處見

作　　者：張恨水
發 行 人：黃振庭
出 版 者：複刻文化事業有限公司
發 行 者：複刻文化事業有限公司
E-mail：sonbookservice@gmail.com
粉 絲 頁：https://www.facebook.com/sonbookss/
網　　址：https://sonbook.net/
地　　址：台北市中正區重慶南路一段六十一號八樓 815 室
Rm. 815, 8F., No.61, Sec. 1, Chongqing S. Rd., Zhongzheng Dist., Taipei City 100, Taiwan
電　　話：(02)2370-3310
傳　　真：(02)2388-1990
印　　刷：京峯數位服務有限公司
律師顧問：廣華律師事務所 張珮琦律師
定　　價：299 元
發行日期：2024 年 01 月第一版
◎本書以 POD 印製

國家圖書館出版品預行編目資料

紙醉金迷——艱難處，多從貪戀處見 / 張恨水 著 . -- 第一版 . -- 臺北市：複刻文化事業有限公司，2024.01
面；　公分
POD 版
ISBN 978-626-7426-19-7(平裝)
857.7　　112022175

電子書購買

臉書

爽讀 APP